2DB
二次元ドリーム文庫
小説 黒名ユウ
原作・挿絵 立花オミナ
(サークル しまぱん)
異世界ハーレム物語4
～勇者争奪！淫行クルージング
絶潮！処女吸血姫～

登場人物紹介

ルイーゼロッテ

千年の時を生きる吸血鬼《ヴァンパイア》の女王。魔王の命に従い、直樹たちの前に姿を現す。並の冒険者であれば一瞬で無力化されてしまうほどに強い。

マリィ王女

レスデア王国の王女であるが、直樹に惚れ込み騎士団を連れて追いかける旅に。作中でもトップクラスの“名器”でもある。

セリュー・シナトラ

元は冒険者だったが、リオノーラとの出会いを経て『王女マリィの恩寵号』の艦長となった麗人。今回マリィが始めた勝負事の立ち合い人にもなる。

ライラ

魔界に住む高位のサキュバス。魔王の部下だったが今は勇者である直樹がご主人様。

ドロテア

ライラの妹で、彼女もサキュバス。無口だが、セックスに対する情熱は人一倍。

旅の仲間たちとレスデア王国近衛騎士団
タチアナ
テレーズ
アニー
フィリア
リオノーラ
リディ
ティアーネ
エリザ
トゥーラ
ミラ
リュゼ

プロローグ

かつては道であった石畳は砕け、長い年月を経て半ば土に埋もれていた。

月明かりと、手にした松明の灯りを頼りにその痕跡を辿る。

ねじくれた老木ばかりの雑木林の中を進んでいくと、不意に生ぬるい風が頬を撫でた。

わずかばかりの潮の香りが、目的の場所は近いと告げる。

やがて樹々は、突然に生気を失ったかのように途絶して、裸の岩々が眼前に広がった。

岩場は岬の突端まで続き、海に面した断崖絶壁には、朽ち果てた古城が夜空に向かってまるで差し出されるようにして佇《たたず》んでいた。

立ち止まって注意深く見回すと、潮風に傷んだ板切れが、傍らのいじけた樹の幹に打ちつけられているのが目にとまった。

かざした松明の揺らめく炎が、そこに書かれた警告文を照らし出す。

これより先は禁足の地。冒険者の立ち入りを禁ず。

もちろん、これがただの注意書きではないことは知っている。

禁域には魔法で結界が張られており、足を踏み入れた者は代償を支払わねばならない。

懐から小さな石を取り出して確かめると、その表面に刻まれていた警戒の刻印が結界の魔力に反応して不穏な暗緑色の輝きを放ち始めていた。

これはギルドに登録する際に与えられる「冒険者の証」だ。魔光石という珍しい素材《レア・マテリアル》で作られたこの証がなくては依頼を斡旋してもらうことも報酬を受け取ることもできない。

もしも、ここから一歩でも結界の中に足を踏み入れれば――

「引き返したまえ……！　冒険者の資格を失ってもいいのか？」

背後からの声に振り返ると、そこには見知った顔があった。

「セリュー!?」

「間に合って良かった……」

「……どうしてここに？」

「決まっているじゃないか、君を引きとめに来たんだよ」

彼女の口調はあくまでも理知的で穏やかだった。引きとめに来たと言っておきながら、その声色には責めるような感情は少しも込められていない。

それが、セリュー・シナトラの人柄だ。

仲間たちから慕われるタイプ。篤い人望で自分のパーティを急成長させている注目株の女冒険者。

この国に来て一年。ギルドに所属して過ごしてみて、冒険者たちのがさつな気性には、ついぞ馴染めず、決まった一団に加入することはなかったが……正直、彼女のパーティになら加わってもよいとすら思えたほどだ。

自分よりもひとつふたつしか年上に見えないから、歳は二十か、二十一か。その若さで、

プロローグ

よくできた人物だと日頃から敬意も抱いていた。

そう思っていたら、実際に、彼女の方から入団の誘いをかけられ――断る口実として、この古城を探索する計画を打ち明けたのは失敗だった。

まさか、わざわざ止めにまで来るとは。

こんな自分を、そんな風に気にとめてくれた者はこの国では初めてだ。

目を閉じ、思いを巡らせる。その間も、セリューは説得を続ける。

「昼間も言った通りだ。禁城は冗談や遊びで設けられているわけじゃない……命の危険はもとより、そこに封印されている魔物を悪戯《いたずら》な好奇心で目覚めさせないためにあるんだ」

彼女の言うことは、なにひとつ間違ってはいない。しかし――

深く息を吸い、それから再び目を開け、決然と彼女を見据える。

「忠告には心から礼を言おう。だが、やはり私は行かねばならない」

「何故なんだ？　まさか、魔教徒なのか……いや、君に限ってそんなことは……」

魔教徒というのは、人類でありながら魔王や魔族を崇める狂信者たちのことだ。

封印された魔物を解き放ち、世に仇為さんとする者ども。

もちろん、違う。きっぱりと首を横に振る。

「その逆だ。魔族から世界を守護するのが、我が使命……」

そう言って「冒険者の証」を握り締めたまま、挑むように古城に向かって突き出す。

パキイッ！

結界に触れた石は、掌《て》の中で一瞬、熱を放った後、亀裂を走らせて粉々となった。

光る砂粒となった「冒険者の証」がサラサラと音を立てて夜風に散っていく。

それを見てセリューが息を呑む。

「馬鹿な！　なんということを……」

これで終わりだ。

冒険者としての資格は失われた……だが、それでいい。

「これより、我が主君に与えられし使命を果たしに向かう！」

愕然《がくぜん》と立ち尽くす女冒険者に背を向けて、結界の中に足を踏み入れ、振り返ることなく古城に向かって歩を進める。

「待ちたまえ！　待つんだ……」

結界に入れば自身の「証」が砕け散る。セリューはそれ以上追うことができない。

背に追いすがるのは名を呼ぶ声だけ。

それだけが、ただ虚しく風に乗り夜を駆ける。

「君は……君は、いったい何者なんだ……リ、オ、ノ、ー、ラ！」


城の内部は長年の略奪によって荒れ果てていた。

ここに住んでいた領主が没落して、すでに二百年もの歳月が過ぎている。廃墟となったこの場所に侵入した不埒な盗人は、これまでに数知れずといったところか。

価値のありそうな調度品や装飾物はあらかた持ち去られ、かつての栄華を窺わせるのは石造りの壁に塗られた壁絵ぐらいのもの。それもほとんどが薄れ、剥《は》げ落ちていた。

リオノーラは松明で蜘蛛の巣を払いながら、屋内の闇を照らして回った。

特に怪しいものはない。だが、城の奥に近づくほど禍々《まがまが》しい気配の圧が増していく。

（やはり、陛下の……ソフィー様のおっしゃった通り。魔王の復活は近いのか……）

王女付きの護衛騎士の役を一時解かれ、この任務を拝命したのは一年前のことである。

騎士としての忠心は人一倍の彼女だったが、ソフィーから告げられたことは、やはり、どこか現実であるとは受け入れ難いものだった。

近く復活すると予見された魔王に対抗すべく、近隣諸国から人材を探し出して欲しい。と、そう命じられたリオノーラはこの一年、レスデアの騎士としての身分を隠して冒険者ギルドに籍を置き、諸国を巡る旅を続けてきた。

「姫様のことは心配ないわよ、私がちゃーんと面倒みるから！　箱入り娘のあなたには、世の中を見るいい修行なんじゃなーい？　なんならオトコも見つけてきたら？　でないと一生独り身かもよ？　お堅いんだからさ！　ん～ぅっふふふふっ！」

留守を任せることになった相棒のテレーズの軽口まで思い出されて顔をしかめる。

実際に世の中を知る勉強になったことは間違いない。

そして、彼女の言う通り自分はお堅い……いや、それどころか、そもそも人づき合いが上手くないということを思い知らされる日々だった。

だが、それは自分のせいだけではないとリオノーラは考えていた。

冒険者の荒くれ男たちの馴れ馴れしさは無礼で無作法で、とうてい我慢できるものではなかった。近づきたくもなかったし、ましてや恋愛などもっての他だ。

これが男というものならば、自分は一生、肌を許す相手など欲しくない。

そもそも、色恋など騎士道にあるまじき行為。それをけしかけるようなことを口にするテレーズの方がどうかしているのだ！

それはともかく——

諸国から魔王討伐の人材を集めるという指令は、そんなこともあって、まったく成果を上げぬまま。

任務を果たせぬ自分に苛立《いらだ》ちを覚えていた矢先、耳にしたのがこの古城の噂だった。

（禁域に指定されたのは、何人かの冒険者が立て続けに消息を絶ったからだ……そして、これほどの気配。強力な魔物が棲みついているというのは、やはり間違いない）

それは、きっと魔王復活に関わりのある魔族……。

（ならば、これもまた主命……いいや、むしろ、これこそが……！）

命令を完全に拡大解釈して、彼女はこの禁域へと足を踏み入れたのである。

想いに捉われすぎぬよう、時折、頭を振って警戒心を取り戻し、古城の奥へと進む。

すると、広間の壁の崩れた暗がりに、怪しい階段を発見した。

階段の先は闇に呑まれ地の底へと続いている。

（秘密の通路……すると、やはり！）

没落した領主は悪趣味な好事家だったという。

魔族にゆかりのある品々を蒐集するために、高い金で雇った命知らずの冒険者たちを、勇者によって討伐された、主なき後の死の大地にまで派遣させていたと伝えられている。

もしかすると、表向きは趣味ということにして、実は魔教徒だったのかもしれない。

これは邪悪な秘儀が執り行われた場所へと通じているのかもしれない。

雑念は消えた。

腰の長剣を抜き放つと、リオノーラは一歩一歩、用心深く闇の底へと足を運んだ。

（略奪の跡がない……）

階段を降りた先にあったのは、吹き抜けとなった広大な空間だった。

先ほど通り抜けた地上の広間は見せかけのものとすら思える。真の大広間だ。

そして、階段への入り口は開いていたにもかかわらず、この広間には荒らされた形跡がなかった。その意味するところは——

（消息を絶った者たちは、この場所で何かに遭遇し……帰ることができなくなったということ。魔物が潜んでいるとすれば、ここか）

いよいよ警戒を強めて、壁に残っている燭台の蝋燭《ろうそく》を松明で炙り、火を灯していく。

すると、闇の中に一枚の絵画が浮かび上がった。

ほっそりとした少女を描いた肖像画だ。豪華な額縁に飾られて壁に掛けられている。

リオノーラはその絵に奇妙に惹きつけられて立ち止まった。

(姫……様……?)

どうしてマリィのことを思い出したのかはわからない。

絵の中の少女の気品のある面影のせいだろうか？　ドレスを纏《まと》ったその姿は、明らかに身分の高い存在であることを示している。

だが、さほどマリィに似ているとも思えなかった。

青白い肌、美しいがどこか儚げな、それでいて冷酷な印象も受ける顔立ち。

茶目っ気が旺盛で天真爛漫な幼王女とは正反対だ。

なにより、その真紅の瞳の色。人類とは異質なものを絵の中の少女は漂わせていた。

それなのに、国に残して来た王女の面影を感じ取るとは。

もしかすると、騎士にあるまじきことだが――これが里心というものなのかもしれない。

幼い頃からずっと傍に仕えて護衛して来たマリィと離れてまだ一年……しかし、それはリオノーラにとって十分すぎるほど長い時間だ。

そう言えば、もう間もなく王女の十歳の誕生日だ。

(……もう随分と背も伸びて、大人になられたことだろうな)

そんな物思いに、つい気が緩んだそのとき――

「危ないっ！」

いきなり突き飛ばされて、リオノーラは床に転倒した。

「セリュー⁉」

結界の向こうに置き去りにしてきた。なのに、何故ここに⁉

「どうして、ここまで……」

「そんなことを言っている場合じゃないぞ！　見たまえ！」

「⁉」

絵の中の少女の表情が変わっていた。いや、違う、動いている！

その口を大きく開けて、セリューとリオノーラを見据え、牙を剥《む》き……。

「これは……！」

咄嗟《とっさ》に身を躱《かわ》し、剣を構えようとする。が、身体の動きが鈍い。

少女の真紅の瞳に意識が吸い込まれていく。

「くっ、これが元凶か……古城に潜む魔物の正体……犠牲者たちはこうやって……」

魔性の魅了に搦め捕られ、このままでは金縛りとなってしまう。

「目を合わせるんじゃあない！」

リオノーラの前に立ち塞がったセリューが、肖像からの視線を遮った。

すると、呪縛がふわりと解けた。身体が動く！

だが、その間にも肖像画からは、渦巻く闇が這《は》い出んとしようとしていた。

セリューが床に転がった松明を掴《つか》んで闇に向かって放つ。

ぎぃゃあああああああああああああああ！

咆哮《ほうこう》とも絶叫ともつかぬ恐ろしい大音声《だいおんじょう》が上がった。

「今だ！」

セリューがリオノーラの手を掴んで駆け出す。

「倒せたのか？」

「いや、無理だろう。怯《ひる》ませただけだ！」

脱兎の如く目前の階段を駆け上るふたりの背には、怨念の気配が怒涛《どとう》となって押し迫る。

振り返りもせず一目散に地下から城内へ、そして、門の外へと脱出する。

おぼろな月明かりの中でようやく古城を振り返ると、魔の気息は膨れ上がって、なにがなんでもふたりを捕らえようと溢《あふ》れ出さんばかりとなっていた。

（こんな相手を……ひとりで、どうにかしようとしていたのか、私は……！）

己の無謀さに気づかされる。すると、突然セリューが尋ねた。

「泳げるか？」

「えっ……」

なにをするつもりかと問う間もなく、身体を抱え上げられる。

「掴まりたまえ！」

そのままセリューは断崖から身を躍らせ……崖下の海面に激しい波飛沫《しぶき》が上がった。

数刻後——

「どうやら、ここまでは追って来ないようだな……結界を超えることまでは、できないとみえる……少なくとも、今のところは」

泳ぎ着いた砂浜から、遠く断崖のシルエットとなった古城を見上げてセリューが言う。

「風邪を引くぞ。君も着ているものを脱いで身体を暖めると良い」

流木を集めた焚き木に火を起こした彼女は、ずぶ濡れとなった衣服を、ためらいもなく脱ぎ去ってショーツ一枚の素裸だ。

堂々としたその裸身が星明かりと炎に照らされて眩《まぶ》しい。

リオノーラは髪から海水の雫を垂らしながら、荒い息を吐いた。

「まさか、あの高さから飛び込むだなんて馬鹿な……いや、そうじゃないな。セリュー、まさか冒険者の証を犠牲にしてまで助けにくるなんて……借りができてしまった」

助けてくれた礼と、忠告を無視したことへの謝罪を述べたかったが、彼女が犠牲にしたものの大きさに、どうすれば釣り合うのかと言いよどむ。

だが、セリューは軽く笑って受け流した。

「漁村の出身でね。泳ぎは得意なんだ。いや、しかし、まさかは私よりも、君のほうだよ」

そう言って、リオノーラの濡れた身体を引き寄せると、焚き火に当たらせ——

「ぬ、脱ぐのは自分で出来る！」

肌に張りつく服の下にまで潜り込んで来たセリューの手を押し止めると、リオノーラは装備を解き、少しためらってから腕を交差させ、思い切ってインナーを脱ぎ捨てた。

ふたりの美しい裸身を、頭上の星々が照らす。

沈黙。しばらくしてから、セリューが口を開いた。今度は真顔だ。

「君はいったい何者なんだ？」

「私は騎士だ。レスデア国から使命を帯びて派遣された」

リオノーラは顔を上げると、セリューの瞳を真っ直ぐに見つめ返した。

「一緒に、レスデアに来ないか？」

「……冒険者も廃業だし、渡りに舟だよ。だが、その償いという理由ではなさそうだな」

聡い目つきでその真意を問う彼女にリオノーラは頷き返す。

女王が言ったことは真実だった。

魔王の復活。これから各地で魔族が息を吹き返すだろう。あの古城の化け物と同じか、それ以上の。対抗するためにはレスデアだけでは無理だ。仲間を集めなければならない。

再び、裸身の間を静寂が埋め、次に沈黙を破ったのはリオノーラだった。

「私の使命は魔王に対抗する仲間を集めること。君のような人材が必要だ。よろしく頼む」

差し出した手は握り返され――

そして、時は流れる。ふたりの身にも古城の魔物にも、等しく。

第一章　騎士団長の秘密の特訓

立ち尽くし、ふと息を漏らす。

遠い山裾まで伸びる街道の先は、地平に薄《う》っすらと煙る白い霧と溶け合っていた。

その曖昧な交接は、今の心のありようにどこか似ている。

「どうしたの？　ぼうっとしちゃって……らしくないわね」

テレーズの呼び声に、リオノーラは物思いから引き戻された。

「ああ、いや……昔のことを思い出していただけだ」

「昔のこと？　ああ」

テレーズは得心がいったという顔をし、野営の準備の手を止めると山影に目をやった。

「……アルダムも、もう近いわね」

かつてリオノーラが修行の名目で冒険者ギルドに名を連ね、隣国に派遣されていたのは六年も前のこと。騎士団の中でそれを知るのは古株の彼女だけだ。

「このままだと数日で国境だ。姫様はどうするおつもりか……」

勇者を追って早や十日あまり。王都を離れて街道を北進し、気づけばもう国の外れだ。宿のあるような人里もとうになくなり、ここ三日は野宿が続いている。

と、いっても――

道端に停めてあるのは何台もの豪華な貴人用馬車である。

王女専用の寝台車輌、騎士団の面々が乗る車輌、そして色々な御用達が積載された貨物車輌。繋がれているのは王国選りすぐりの駿馬たちという、およそ旅をする者にとっては、贅沢すぎる編成と装備だった。

(本来なら、勇者殿に使って頂くはずのものだったのだが……)

魔王討伐という崇高な使命を帯びた彼を、夜逃げ同然に出て行かせることになったのを申し訳なく思う気持ちもある。

首尾よく追いつくことができれば、そのまま使ってもらうこともできるのだろうが……

しかし、そうすんなりと事が運ぶわけでもない。

熱狂的な勇者信者のマリィが再会を果たせば、なにを言い出すかわかったものではない。

そもそも、一国の王女が冒険者となって勇者を追いかけるというのがどうかしている。

それでも、リオノーラが付き従うのは、その母親であり女王のソフィーがこの追跡行を許可したからだろうか？　主を信じるのが騎士たる者の務めだから？　いや。

(きっと、私は……)

再び想いの中に沈みそうになるが、今度は炊事当番たちの会話がリオノーラを引き戻す。

「あの、お水がもう残り少ないですけど、全部使ってしまってもいいんですか？」

「そうねぇ、リディは近くに水場がありそうって言ってたけれど……」

エリザの質問に思案するテレーズ。その横から、おっとりとタチアナが口を出す。

「お鍋の水足しは、みなさんが戻ってきたらで良いのではないかしら？」

折よく、林の茂みの奥から物音がして、狩りに出ていた三人が姿を現した。

先頭のアニーは大きな猪を肩に担いでいるばかりか、数珠つなぎにした何羽もの山鳥を首から下げている。その後ろからはトゥーラが鉾槍《ハルバード》を天秤棒にして水桶を運んできていた。

「酷いなあ、あたしの武器をそんな風に使うなんて……」

「ボヤかないの、だいたいこんな長柄の武器が森の中で使える訳ないでしょ」

アニーの文句を軽く受け流し、トゥーラが無造作に水桶を降ろす。

かなりの重量のはずだが、よろめく風もないのは、さすが騎士団一の力自慢だけはある。

実家のパン屋で幼い頃から力仕事を手伝っていた賜物《たまもの》だとか。

「トゥーラの大剣だって、似たようなものじゃないか」

「まあ、そうだけど……結局、獲物を仕留めたのは、リディだしね、あはは！」

最後に茂みから出て来たのはリディだ。まだ手には弓を構えたままだ。

どうやら運搬をふたりに任せて、帰路は警戒役に徹していたらしい。

山で暮らす猟師の家系の出身なので、そういうことは心得たものなのだ。

「只今、戻りました、隊長！」

根が真面目な彼女がリオノーラに向かって敬礼する。

「ああ、ご苦労だったな。ずいぶん沢山仕留めたようだな……よくやった」

「えへへ……」

尊敬するリオノーラに褒められてリディは顔をほころばせた。

「ちょっとぉ、デレデレしてないで手伝ってよ、羽のむしり方、よくわかんないのよ」

騎士団では最年少の彼女に対して、何事もお姉さんぶるトゥーラが催促する。

「え～っ、こないだ教えたよね？」

リディは兄弟が多く、長女としてその面倒を小さい頃から見てきている。

実家で兄に甘えてばかりいたトゥーラのほうが実際には妹気質だ。

「羽のむしり方ならエリザがお料理の本を持っていなかったかしら？　図書室から何冊か借りて持って来ていましたよね？」

「えっ、あ……あれは、その……」

「タチアナ、それは聞いちゃ駄目よぉ。あれは勇者様に会ったとき用のエッチのやり方の本だものねぇ」

テレーズの爆弾発言に、エリザが慌てふためく。

「ちょっ！　ちがっ、ちがが、違います！」

「嘘ぉ！　自分だけこっそり勉強しようだなんて、抜け駆け！　私にも見せてよぉ！」

ここぞとばかりに乗っかるトゥーラに、くだらないと肩をすくめてアニーが言う。

「そんなことより、鍋に水すら入ってないじゃない……お腹、ペコペコなのに……」

「そ～んなこと言って、アニーだって興味あるくせに……むっつりなんだから！」

「違っ……な、なにを……！」

きゃあきゃあと声が上がり、たちまちその場は騒がしくなった。

「いい加減にしないか！　姫様がお腹を空かせてお待ちだぞ！」

リオノーラが大きな声を出して、ようやく場は収まった。

「ふふっ……いつもの貴女らしくなったわね」

ようやく夕餉《ゆうげ》の支度にとりかかった面々を眺めながら、リオノーラの傍らにやって来たテレーズが笑顔を向ける。

「悩んでもしかたないわよ？　こうして野外生活するのも、普段じゃ見れない、みんなの一面がわかって良いんじゃない？」

その暢気《のんき》な言いぶりに、それこそ、いつもなら言い返すリオノーラだったが、

「そうか……そうだな。そうかもしれないな……」

と、思い直す。このまま勇者に追いつくことができなくても良いのかもしれない。

姫様を護衛しながらの、ちょっとした実地訓練だと思えば……。

マリィの勢いに呑まれ、勇者と再会したときのことに気をもんでいたが、考えてみれば、勇者たち一行も追跡は承知で逃げているはず。簡単に出会えるわけもない。

(国境まで行っても出会えなければ、姫様もさすがにあきらめるか……)

と、そこへ――

蹄の音を響かせて、街道を王都の方角から黒馬が駆けて来た。

ローブですっぽりと身を覆った小柄な乗り手が、その背からフワリと飛び降りる。

「リオノーラ隊長……マリィ様にお伝えしたいことがございます」

フードの下の顔を見てリオノーラは驚いた。

「お前は……クラーラ！」

聖女エカテリーナのお付きの修道女だ。

幼い顔立ち――実際に歳もまだ十代の半ばと若いのだが、侮れない相手だ。

秘密結社を作り、勇者を監禁しようと企てたマリィの乳姉妹シディカの一味でもある。

（エカテリーナ様によって企ては露見し、シディカ様は予見者の修行中のはずだが……）

しかし、こうしてクラーラが早馬を飛ばして来たということは……嫌な予感がする。

「お待ちしておりましたわ～～～～～～～～～！」

ドバァン！　と王女専用馬車の扉が開き、鉄砲の弾のようにマリィが飛び出して来た。

「ひっ、姫様っ！」

「シディカが突き止めましたのね。さあさあ、おっしゃってくださいまし！　わたくしの未来の夫、勇者様は今いずこに⁉」

リオノーラにかまうことなく、息せき切ってマリィが尋ねる。

「勇者様は……」

クラーラに耳元で囁《ささや》かれると、王女はにんまりと笑みを浮かべた。

「ふふふっ……あらあら、まあまあ、裏をかかれましたわね。さすがは勇者様ですわ！　でも、わたくしの愛情の方が一枚上を行きましてよ！」

「ゆ……勇者殿の居場所がわかったのですか？」

恐る恐る尋ねるリオノーラには取り合わず、マリィが騎士たちに号令を発する。

「鳩の準備はよろしくて？　先回りして伝令を飛ばさなくてはなりませんわ！」

「準備はできていますが、もうすぐ日が暮れますから……」

鳩の世話係でもあるエリザが言う。

「では、朝よ。朝一番で飛ばしなさい！」

「あの……勇者殿はどこに？」

再度問われて、今度こそマリィは勝ち誇った顔をリオノーラに向けた。

「リハネラよ‼」

「リハネラ……！」

リオノーラは面食らった。なんと、まったく逆方向ではないか！

てっきり隣国アルダムへと向かうものと考え、街道を北東に追跡してきたのだが。

商業の街リハネラといえば、レスデアの北西に位置する港町——

「そうか……海路で‼」

完全に裏をかかれた形だ。

今から進路を変えて急いだとしても、三日から四日はかかる行程だ。

「ま、間に合わないのでは……？」

「ですから鳩を飛ばしますの。時間を稼いで……ああ、それだけじゃ足りませんわね！

彼女には他にも色々と頼まなければ！」

こうしてはいられないとばかりに、マリィが馬車に飛び込み、指示書をしたため始める。

「……」

困惑するリオノーラをよそに、テレーズがクラーラに声を掛ける。

「もうじき夕食ができるから、一緒に食べましょう」

「私は……」

遠慮しようとする小さな密使の背を押して、強引に焚き火の側に座らせる。

「どうせ、もう夜よ。役目は果たしたんだし、今夜はここで一緒に寝ていくのよ？」


夜も更けて――

見張りをテレーズに引き継いだリオノーラは、隊長用の寝台のある馬車まで戻って来た。

乗り込む前に隣の馬車の窓から中を覗くと、マリィが静かな寝息を立てていた。

（夕食のときも、興奮の収まらない様子だったのに……）

幼い頃から寝つきの良いほうではあったが、今夜は一段と安らかな寝顔をしている。

それは、美しい月明かりのせいだけではなさそうだ。

勇者の足取りを掴めたことが、よほど嬉しかったのだろう。

自分の馬車に引き上げ、鎧を外して寝床に横たわったリオノーラだったが、マリィとは違って、すぐには眠りに落ちることはできなかった。

(勇者殿と……再び……)

直樹《なおき》の姿を思い浮かべる。

その顔を最後に見たのは……そう、勇者を王都から脱出させたとき。手引きをしたのは自分だ。そのときは、こんなにも早く再会することになるとは思っていなかった。

寝つけぬ原因が胸の高鳴りであることに気づいて戸惑いを覚える。

(どうしたというのだ。私ともあろう者が……マリィ様の興奮がうつったのだろうか?)

いや、そうではないだろう。

リオノーラも心の奥底では気づいていた。

——彼は本当に勇者なのだわ。ご自身では気づいていないのかもしれないけれど、周りに影響を与え変化させていく。貴女を変えたのは……

王都を離れる前にソフィーから言われた言葉が脳裏に甦《よみがえ》る。

(勇者殿に……私は変えられてしまった……のか?)

いつしか、自分の身体の疼《うず》く場所へと、自然に指が這っていた。

「ん、あ……」

そうだ。自分は変わってしまった。

以前はこんなこと……したことなどなかったのに。

だが、プライドがそれを認めない。

(ち、違う……私は、自ら変わったのだ。頑《かたく》なな生き方だけがすべてではないと気づいただけだ。そう、自分で……う、ううっ……）

指先に絡みつく蜜液は熱く、それはリオノーラの奥からとめどなく溢れ始めていた。

ちゅく……くちゅ……

水音は次第に大きくなっていった。リオノーラは熱を冷まそうとでもいうかのように、黒いインナーの前をはだけて乳房を露わにし、月光に輝く優美な柔肉に爪を埋める。

「あ……あはあっ……うっ……くぅ……」

尖りきった乳首を宥め、股間に這わせた指ではクリトリスを鎮める。

（いけない……ああ、こんなことをしていては……私は騎士だぞ……んっ、ぅううっ……んはあっ！　快楽に溺れるようなことは……いけない……）

だが、指の動きは止まりそうにもなかった。

甘い吐息を漏らしながら、奥へ、奥へと分け入っていく。自らの肉の内側をなぞる快感。だが、淫靡《いんび》な享楽が高まれば高まるほど、もどかしさは募る。

「ほ、欲しい……」

切なさで子宮が震える。満たして欲しい。アレが欲しい。指ではもう、満足できない。

「んくっ……あ、ああ……駄目に……駄目になってしまう……！　ああっ！　駄目だ……違う！　これは違うんだ！　次に……次に会ったときに負けないために……」

それは、情けない思いを追い払うための言い訳だ。

「そう……んんっ、ふ、ふふ、これは特訓……隊長としてこれ以上……あ、あああっ……

しゅ、醜態をさらす……わけには……い……いかないからぁっ……♡」

割れ目をじゅぷじゅぷと出入りする指。

「あっ……ああっ……ゆ、勇者殿っ……んあああああっ！」

リオノーラは絶頂した。屈服させられたときのことを思い出すと必ずイッてしまう。

肉棒をおねだりさせられ、恥辱にまみれた自分の姿。それは味わったことがないほどの屈辱だったはずなのに。

(屈辱……だ、だから……借りは返さなくてはならないんだ……そのために……そう……私は名誉のためにこれをしている……)

それは本心を偽るための誤魔化しなのか？　リオノーラにはわからなかった。

火照った身体が、そんなことはどうでもいいと叫んでいる。

枕の下から布切れを取り出すと、リオノーラはそれで顔を縛って目隠しにした。

こうすると、自分の指が自分のものではないように錯覚するのだ。

先日泊まった宿で思いついたやり方だった。以来、毎夜の秘事となってしまった。

(あ……ああ、勇者殿……勇者殿の指が私の胸に……)

はしたなく股を開いた姿勢をとり、両手を使って乳房を揉みしだく。

(大丈夫。これは特訓……特訓なのだから……)

だから、どんなにだらしない格好でもいい。もっと淫らなポーズをとってもいい。

「くはあっ……あっ、あっ……」

直樹に命じられて尻を突き出す。蜜壺と化した部分に熱いザーメンが注ぎ込まれる。何度も、何度でも。逞《たくま》しさで満たしてくれる。その感触を頭に思い浮かべて。

「今度会ったときは、ま、負けない……そ、そのためのとっくぅ……ん、んんっ♡」

肉棒に見立てた二本の指がずぶずぶと埋まり、膣内を掻き混ぜる。

ぶちゅぶちゅと噴きこぼれる女の蜜が寝台を湿らせる。

「駄目……もっと……ああ、もっと……♡　わ、私を……」

屈服したくないのか、屈服させられたいのか。だんだんわけがわからなくなっていく。

押し寄せる快楽の波に、リオノーラは長い脚を震わせ、舌を突き出した。

「い、いくぅっ……ああっ、負ける……また……負けてしまう……ああっ！　いくぅっ！　んはあああっ♡　駄目なのに、駄目なのに……ああっ、あああああっ！　ああっ、どうしてこんなにっ……あっ、ああっ♡　いくっ、いくっ……んあっ、いくうううううううっ♡」

リオノーラは再びアクメした。

果てしない快楽の余韻が彼女を闇へと堕とす。

切なくも、甘やかな敗北の悦びへと。

第二章　出航！　淫行クルージング！　女艦長のアソコに面舵一杯！

やっと朝靄《あさもや》が晴れたかという頃なのに、通りに居並ぶ露店商の中には、もう帰り支度を始めている者もいる。早くも品を売り切ってしまったのだろう。

それでも値切り交渉のやりとりはあちこちから聞こえ、リハネラはまさしく商業の街だ。

だが、そんな活気とは裏腹に、直樹は寝呆け眼だった。

「ふわ〜あぁ、眠《ね》み……」

だらだら歩きながらの大あくびに、隣からリュゼが活を入れる。

「もー、だらしないわね。シャキッとしなさいよ！」

「そんなこと言ったって、ろくに寝てないだろ……昨日の夜だって遅かったし」

夜っていうか、明け方までだ。

勇者のお務め——すなわちセックスは毎夜のことで、この世界に召喚されて以来ずっと続いている。もう一ヶ月以上になるが、エッチをしなかった日はない。

剣士のフィリア、僧侶のティアーネ、エルフの弓使いリュゼに、従者のミラ……そして、新たに仲間に加わった淫魔《サキュバス》のライラにドロテア姉妹。六人の美女たちとの連夜の７Ｐ——

その上、眠りに落ちたのも束の間、すぐに叩き起こされての出発ときては、シャキッとしろと言うほうが無理な話だ。

（むしろ、こいつらは……なんでこんなに元気なんだ？）

連れ立って歩いている彼女たちは肌もツヤツヤで血色も良い。セックスを、すればするほど生気に満ち溢れていくようだ。

フィリアが目を輝かせて道端の朝市の露店を指さす。

「あっ、あれ！　竜魚の卵の包み焼き！　名物よね。まだ食べてなかったじゃない？」

「リハネラともお別れですから、心残りのないようにしたいですね」

ティアーネも嬉々として同意し、すかさずミラが財布を出す。

「では、朝食用に買いましょう」

一緒に朝までヤリまくっていたのに、元気のいいことだ。

「うーん……人間の服って、なーんか違和感あるのよねぇ」

ライラは朝ご飯の品定めには興味がなさそうだ。

普通の食べ物も口にしないわけではないようだが、淫魔にとってのご馳走はやはり違うのだろう。先ほどからずっと自分の服装のことばかり気にしている。魔族の姉妹ふたりは身バレ防止のために、刺激的すぎる淫魔の装束を人間風のものに変装させられていた。

「ずーっと角と尻尾を隠してるのも疲れるし～」

ライラの格好は胸元も派手に開いた軽装のヘソ出しシャツにショートパンツ。

露出度は元と大して変わらない気もするのだが、それでも彼女にとっては窮屈らしい。

妹のドロテアはというと、豊満な全身を魔女風のローブで隠して……いや、その胸元はゆるふわで胸の谷間がばっちりだし、スリットからは艶《なま》めかしい太腿がチラチラしていて、こっちもエロさという点ではどっこいどっこい。

「文句あるなら置いてくわよ！」

リュゼが噛みつく。

淫魔の姉妹は勇者の精液の力で快楽堕ちし、悪魔族の契約によって直樹と主従となった。魔王討伐を目的とする他のパーティメンバーとは微妙に立場が違う。

「じょ、冗談だってば！」

ライラが慌てて取り繕い、ティアーネが仲裁に入る。

「まぁまぁリュゼさん。きっと彼女たちも役に立ちますし……」

「なによ。魔族相手にずいぶん肩を持つじゃない？」

「そういうわけでは……」

「フンッ」

「ほらほら、ぷりぷりしてないで、これ美味しいわよ！」

ツンケンとするリュゼにフィリアが差し出したのは、さっき買ったナントカ焼きだ。

「勇者様も、どうぞ……」

直樹にはミラが手渡してくれる。

「ありがと……って、なんだこれ！　う……うまぁっ！」

直樹は思わず唸った。眠気も一気に吹っ飛ぶ美味しさだ！

小麦粉の溶き汁を鉄板で薄く広げて焼き上げた皮の中に、プチプチとした触感の魚卵がこれでもかと包み込まれている。適度なしょっぱさと、卵から弾けるとろりとした漿液《エキス》！

見れば、リュゼもモグモグと大人しく食べている。

彼女の毒舌をも黙らせるとは、さすが名物と言われるだけはある。

「さあ、港に急ぎましょう。ぐずぐずしてると船が出ちゃいますよ！」

フィリアが一行を促す。

早起きの理由はそれだった。

この町では色々と騒動もあったが、いよいよ次の目的地に向けて出発するのだ。

「んっ！　よーし、腹に食べ物を入れたら元気が出て来たぞ……ワクワクするな！」


港の桟橋に横づけとなった帆船は、想像していたよりも遥かに巨大だった。

「ほぉー、でっかい船だなぁ……商船だからか？　やっぱり積み荷が多いんだろうな」

女海賊アルメラの貴婦人鮫号《レディ・シャーク》と似たようなタイプだが、サイズはふた回り以上ある。

いや、もっとか？　何層もの構造がそびえる船体はちょっとしたビルディングのようだ。

晴れ渡った空に突き刺さるマストの帆桁には、何羽もの海鳥がとまって翼を休めている。

「……スズメみたいだな」

チュンチュンという鳴き声を耳にして直樹が呟くと、ティアーネが頷いた。

「ええ、海スズメです。よくご存じですね、勇者様」

「それにしても、こんなに大きな船なら航海も安心できそう……」

フィリアも船を見上げながら言う。

「ここまで立派な船だとは知りませんでしたが……運が良かったです」

船主との交渉を担当したミラも驚いた顔をして頭の犬耳をピンと立たせていた。

海賊との悶着のせいで、当初予約していた商船はキャンセルになり、改めて船を探したわけだが、首尾よく見つけられたばかりか、こうまで良い船とは！

これぞ、災い転じて福となるってやつだろうか。

縄梯子で乗り降りした海賊船と違って、甲板まではしっかりとしたタラップが渡されており、船体も手入れが行き届いた感じでピカピカだ。

「快適な船旅、けっこうじゃない。これまで誰かさんのせいで散々だったんだから」

リュゼの嫌味には聞こえないフリをして、直樹はタラップに飛び乗った。

「今度はこれで隣の国まで行くのか？」

先頭に立ち、階段を上がりながら尋ねると、フィリアが答えてくれた。

「はい。大陸で最も長い歴史を持つと云われる国……アルダム王国です」

「アルダムにはフィリアさんの故郷があるんですよね」

ティアーネの言葉に直樹も思い出した。前に聞いた覚えがある。

「おぉ！　どんなところか見てみたいな」

「あはは……といっても、王都から離れた田舎なので……」

直樹が振り返ると、女剣士は照れ臭そうな苦笑いを浮かべていた。

が、いくら頑丈そうとはいえ、タラップのような不安定な場所ではしゃぐものではない。

後ろ向きのまま甲板に移る格好となった直樹は、ドスンと何者かにぶつかってしまった。

「おっと」

慌てて前方に目をやって、ぶつかった相手の姿に目を奪われる。

(うっ……な、なんて美少女……!!)

そこにいたのはゴスロリファッションの——いや、ここは異世界だから、これはこれで普通の服装だろうか？

年の頃十代ぐらいの少女が、ぶつかってきた直樹を咎《とが》める風もなくじっと見つめていた。

赤い色をした大きなその瞳はミステリアスで、そのまま吸い込まれてしまいそうだ。

どこか儚げな雰囲気なのは、彼女が差している日傘から落ちる影のせいだろうか。

降り注ぐ眩しい太陽光は、その中だけ薄っすらと遮られていて、そのせいか少女の肌も髪も色素が薄い。

ドレープをたっぷりとあしらった黒のドレスの胸元とスカートの裾を飾る、二重《ふたえ》の白いフリルが傘の影の中でやけに鮮やかだ。船旅には似つかわしくない浮世離れした装い。

こんな女の子がどうして？　いや、それより謝らないと！

「す……すみませ……」

が、言い切る前に、直樹の背につっかえた後続のリュゼがチョップをくれる。

「いでっ！」

「何してるのよ、アンタ‼　ボケっとしないでよね！」

「なにも本気でぶつことないだろ！　ボケっとしてたわけじゃないって……」

ほら、と甲板の少女を示そうとした直樹だったが――

「って……あれ？」

さきほどの少女の姿は影も形もなくなっているではないか。

「いなくなってる……？　なんだったんだ？」

「……いいから乗るわよ。もう時間ギリギリなんだから」

リュゼが、こっちのセリフだと言わんばかりの顔で急《せ》かす。

結局、そのまま、この件は取り沙汰されずに過ぎ去ることになった。


「出航ー‼」

直樹たち一行が乗り込むと、まるで待ち構えていたかのように号令が掛かった。

沖に出ると、風を受けた帆を大きく膨らませ、船は波を蹴立てて快調に進みだした。

陽光きらめく海原が、船首に並ぶ直樹たちの目を奪う。

「いやぁ、船旅もいいもんだなぁ。帆船に乗るなんて初めてだよ」

「あんた、海賊船に乗ってたじゃない」

「あれはだって、ずっと停泊してたし……」

リュゼに言われて直樹は言葉を濁した。

その一件では皆に迷惑をかけたので、あまり蒸し返されたくない。

「いやーそれにしても、RPGでも初めて船で移動するときってテンション上がるよな！」

「なによ、それ。相変わらず暢気ねぇ」

呆れるリュゼ。だが、その口調がどこか柔らかいのは、直樹の言動にはもう慣れっこになっているというだけではなさそうだ。無事に船出できたことで安心しているのだろう。

「……ま、これで追手は撒けたわけだし、多少は楽になるかもね」

「隣国に入れば迂闊《うかつ》に手出しはできませんからね」

ミラも同意する。

追手というのは、レスデアの王女マリィのことだ。

熱狂的に勇者を信奉する彼女によって、王都で直樹は危うく監禁されるところだった。

「俺も、ようやく肩の力を抜けるってわけだな……」

「アンタはいつだって力抜けてるじゃない」

辛辣なツッコミは忘れないエルフだったが、いつもなら諫めるフィリアも、ふふふっと笑ってティアーネと顔を見交わすのみだ。

「……それにしても、この船の乗員って女だけなんだな」

水平線から目を戻して、直樹は見たままの素朴な疑問を口にした。

甲板で忙《せわ》しく働いているのは女水夫ばかりだ。

「レスデアって女ばかりなのは兵士だけなんじゃなかったのか？」

「船乗りには普通に男性もいます。というか、男の人が多いものですが……珍しいですね」

と、ミラ。

「じゃあ、なんでこの船は女ばかりなんだろう？」

「そりゃあ、この船は軍船だからね」

あ～そっか、なるほど、なるほど……って!?

予期せぬ回答は背後から。

驚いて振り向くと、そこには、オーバーコートを颯爽と風になびかせた美女が、笑顔をこちらに向けていた。日に焼けた小麦色の健康的な肌と、白い海軍服が目に眩しい。

「あ、あんたは……？」

「これは失礼、申し遅れました。私はこの艦を預かる指揮官、セリュー・シナトラ艦長。勇者殿にご乗船いただき光栄です。ようこそ、王女マリィの恩寵号《プリンセス・マリィズ・グレイス》へ」

「王女マリィの恩寵号……!?」

「オーッホッホッホッホ！」

船名に不吉なものを感じた直後、高らかな笑い声が響き渡る。

その主は、艦長と名乗ったこの知的な顔立ちの女性のものではなかった。

こんな馬鹿っぽい笑い方をするのは――

「ようやくお気づきになられましたわね、勇者様！」

セリュー艦長の後ろから得意満面で姿を現したのは、まさにこの船の名前となっているレスデア王国の王女であった。

「なっ⁉　お、お前……マリィ⁉」

優雅なドレスとは全く違う、冒険者のような旅装束。結い上げていた髪は長くほどいて、腰には細身の剣まで吊っている。

そして、帆柱の陰からぞろぞろと、お付きの騎士団までも勢揃い——どうやら、今まで身を潜めていたらしい。

「これはアルダム行きではなくて、わたくしの船ですの。乗組員たちも皆わたくしの配下。ああ、ついに再会できましたわね、勇者様‼　これぞわたくしの愛が為《な》せる業《わざ》ですわ‼」

「なんで、ここに……⁉」

たじろぐ直樹に、マリィがよくぞ聞いてくれたとばかりに、ふふふと笑う。

「わたくしには心強い味方がおりますのよ」

「……シディカだな」

勇者の力によって、占いによる探知能力が引き出されたマリィの乳姉妹だ。

「オーッホッホッホ！　勇者様の動向は手に取るようにわかっておりましたわ！」

「マジか……」

占いの射程外に逃げたと思って安心していたが、どうもそんなに甘くはなかったらしい。

「一時は行方を見失ってどうなることかと思いましたが、やはり心配は無用でしたわね！

リハネラにこの船があったのも幸いでしたわ」

その後を、セリューが引き継いで説明する。

「姫様からの連絡を受けて、勇者殿を引き留める時間稼ぎをさせてもらったよ。おかげで、部下たちの風紀が乱れてしまったが……ま、普段厳しく規律を守っているしガス抜きにはなったかな」

「足止め？　風紀が乱れるって……あ！」

直樹は思い当たって顎《あご》を落とした。アルメラの船で男娼をやっていたときのことか！

港の警備の女兵士たちが、ひっきりになしに押し掛けたため、つい、ずるずると滞在を伸ばしてしまったのだが、こんな裏があったとは！

「それだけじゃありませんわ。この船も商船に偽装させましたし、港の関係者も、みんな買収しておきましたの。海上なら逃げ場がないから好都合ですわね♡」

「そこまでやるか……」

「どうやら、泳《ぼう》がされていたようですね……」

ミラも隣で茫然《ぼうぜん》とする。

限度を知らないマリィのやり口は、王都で嫌と言うほど体験したのだが、ここまでとは。

直樹はもとより仲間たち全員、もはや言葉もない。

「すまない、勇者殿……危険だからと止めはしたんだが……」

マリィの隣に控えていたリオノーラが申し訳なさそうな顔で頭を下げる。

懐かしの騎士団の面々は、副隊長のテレーズが面白そうに成り行きを見守っている他は、みんなリオノーラと同じ気持ちのようだ。複雑そうな表情をしていた。

が、当の王女はどこ吹く風で、

「まったく、心配性ですわね」と、にべもない。

せっかく王都を脱出して逃げ切ったと思ったところだったのに、これでは元の木阿弥だ。

そんな直樹にマリィはずいっと身を寄せる。

「ですが、ご安心なさって、勇者様♡」

(うおっ……ち、近い!)

暴走女とわかっていても、愛らしい顔を鼻の先がくっつきそうな距離に詰められては、ドキッとしてしまう。

マリィの恐ろしいところは、そんな自分の魅力が与える影響を自覚していることだ。

すかさず、上目遣いで猫撫で声を出す。

「わたくしは、なにも連れ戻すために来たのではありません」

「な、なに？」

だが、王都であんな目にあったのだ。もうその手は通じない。直樹は警戒心を高めた。

安心しろと言われて、これほど安心できない相手もいない。

(こいつがこういう喋り方をするときは……)

絶対に、絶対に、なにかを企んでいるに違いない。それも特級にヤバイやつを!

うっとりと直樹を見つめながら、マリィが口にしたのは──

「勇者様は、これからは……わたくしたちと一緒に旅をするんですわ♡　夫婦となって、共に魔王を倒しましょう♡」

「はぁあああ⁉　夫婦ぅ⁉」

やっぱりだ。突拍子もないことを！

「後世に語り継がれる伝説となるんですわ！」

いやいやいやいや！　声高らかに、なにを言ってんだ！

「他の皆はどうするんだよ⁉」

「王都に戻って頂きますわ。勇者様を見つけた功績は、しっかり評価いたしますの」

ああ言えばこう言うだ。いつもの立て板に水で返される。

と、そこにリュゼが割って入った。

額に青筋を浮かべて、直樹とマリィを無理矢理引きはがす。

「あーもー、さっきから聞いてたら！　勝手に話を進めるんじゃないわよ！」

「あら？　褒章だけでは不満でして？」

「そーゆー話じゃないっての！　王女だからって我慢してたけど、もう限界だわ‼」

彼女は完全にぶち切れていた。その不遜な態度にリオノーラが気色ばむ。

「おいっ、無礼だぞ‼」

「……リュゼ！」

フィリアも慌てて止めに入るが、怒りのエルフはアクセル全開でまくし立てる。

「あたしは魔王を倒すために旅してんのよ‼　勇者好きの酔狂なんかに、いつまでも振り回されてらんないの‼」

王女の鼻先に指を突き立てて、しかし、言ってることはド正論。

その剣幕にはリオノーラですら、たじろぐほどだった。

だが、マリィはマリィで、これぐらいでめげるタマではない。

「ふふふ……酔狂ですって？　わたくしの勇者様への想いがただの物好きだと？」

うつむき、肩を震わせ、顔を上げる——そこに浮かんでいたのは悪い笑みだった。

「どうやら勘違いなさってるようですわね」

これは王宮で何度も見た笑顔……悪企みを思いついたときのマリィだ。

「ふふ……いいでしょう。では、こうしましょう！　わたくしたちと貴女たち、どちらが勇者様と旅をするに相応《ふさわ》しいか、勝負して決めましょう！」

「えぇっ……⁉」

「なっ⁉」

更にとんでもないことを言い出したと、その場の全員が目を丸くする。

だが、リュゼだけは、胸を反らして拳をパキパキ鳴らし、売り言葉に買い言葉だ。

「フンッ、上等じゃない。言っとくけど手加減しないからね！」

おいっ、なに受けて立ってんだよ！

だが、マリィはわざとらしく口に手を当て、

「あらあら野蛮ですこと！」と、さらりとかわす。もう完全に彼女のペースだった。

「違いましてよ。競うべきは勇者様と旅するのに最も必要な資質……わたくしの提案する勝負はズバリ、わたくしたちと勇者様のパーティ、どちらが身体の相性が良いかを競ってもらいますわ‼」

「なぁっ⁉」

またしても予想外の発言。

（かっ、身体の相性って……つまり、その……そういうことだよな⁉）

直樹はごくりと生唾を呑み込んだ。

騎士団の面々もまた錚々たる美人揃いだ。王都以来、久しぶりにまた彼女たちとヤれるとなると……しかも、競い合う？　ヤリ比べってことじゃないか！

「姫様⁉」

リオノーラが血相を変えてマリィを思いとどまらせようとするが、それを制したのは、艦長のセリューだった。

「私の船でこれ以上、モメないでいただこう。勇者殿、マリィ様、僭越《せんえつ》ながらこの勝負、私が立会人として預からせていただきますよ」

「さすがはセリューですわ！　よろしくてよ。公平に見届けてくださいまし！」

「と、言っても……人数は姫様たちの方が多いようですが、それはどのように？」

セリューが冷静に指摘するのを見て、直樹はこの美人艦長の性格に興味を覚えた。

（この人、完全に姫さんの側ってわけでもないのか？）

それに冷静そうでいて、なんだか少し、この状況を面白がっている風にも見える。

「確かに、こちらが八人なのに対しそちらは六人……」

マリィは小首を傾《かし》げたものの、すぐさまいつもの調子で切り返す。

「ですが、過ごした時間の分だけハンデをいただきますわよ♡　グループに分けて勝負をいたしましょう♡」

「な、なに言ってんのよ……勝手に変なこと決めて……」

「あら？　実に平和的な方法でしてよ。先ほどの意気込みはどうしたんですの？　ふふ」

「こんのぉ……！」

いちゃもんをつけようとしたのをクスクスと笑われて、リュゼが再び目を吊り上げる。

が、セリューはそれ以上、言い争わせはしなかった。

「おっと、先ほどの私の言葉を忘れないでもらいたいね！」

「な、なぁ……みんなで一緒に旅するんじゃダメなのか？　人数多い方が有利な気が……」

直樹は素朴な疑問を口にした。

だって、そうだよね？　と、至極当たり前のことを尋ねたつもりだったが、

「大勢だと物資の確保とか大変でしょ。なるべく目立ちたくないし」

あっさりとリュゼに却下される。

「えぇ、そうですわ」

マリィもすかさず同調する。いがみ合っていたクセに、そこだけは同じ意見なのか。

というより単に、お互い一緒に旅をするなど、もってのほかということだろう。

「それに、なにより勇者様の性質上……人数が増えるほど準備に時間がかかりますの」

「うっ……！」

確かに！　そのひと言が決め手となった。

目の前にズラリと並んだ美女たち。魔王討伐隊の正規のメンバー四人プラス淫魔姉妹、そしてリオノーラ率いる騎士団七人。更にマリィを入れたら合計十四人。

「あんた、毎日これだけの人数相手にできんの？」

リュゼに追い打ちをかけられて、直樹はぐぅの音も出なかった。

(正直、ヤりたいが……さすがにきついか)

ヤるだけならヤれるだろうが、ひとり一回では絶対に終わらないだろうし。

「ふふ……勇者様なら問題ないでしょうけど……♡」

「どっちみち、アンタと旅なんて願い下げよ‼」

直樹にすり寄るマリィに対し、ついにリュゼが本音をぶっちゃける。

「それでは、そういうことで……組み合わせは姫様に決めていただきましょうか」

と、セリューが議論に決着をつける。

「そうですわね……ひとりで二回参加は許可しませんわよ」

「わかってるわよ！」
「あらあら」
艦長の采配の後も、なにかと角突き合わせるリュゼとマリィだった。
が、どうにかこうにか……勇者争奪エッチ勝負の組み合わせが決められる。
一戦目　フィリアvsアニー
二戦目　ドロテアvsトゥーラ・リディ組
三戦目　ミラvsエリザ
四戦目　ティアーネvsテレーズ・タチアナ組
最終戦　リュゼ・ライラ組vsリオノーラ・マリィ組
「ルールは簡単ですわ。期間はこれより三日間！　勇者様には朝夕交替で一組ずつ相手をしてもらいますわ！　これ以外の相手とエッチするのは禁止ですわよ。プレイの内容は各々自由に！　勝敗は、アルダムの港に到着する四日目の朝……勇者様にどちらの陣営が良いか決めていただきますわ！　皆さん存分に腕を競い合ってくださいまし！」
上機嫌で説明を終えると、マリィが一同に向かって発破をかける。
「さぁ！　血沸き肉躍る戦いの始まりでしてよ！」
「フンッ、負けないからね!!」
いつの間にやら完全に乗せられて息巻くリュゼも、自分の相方に檄を飛ばす。
「ライラ！　手抜いたら承知しないからね!!」

「え～、さっきまで追い出そうとしてたのに、理不尽な……」

ライラはできれば関わり合いになりたくなかったという顔だ。

レスデアの騎士団と言えば、三百年前の魔王との戦いでも音に聞く存在。

正体がバレるのは絶対にまずい。それは、魔族である彼女らを仲間にしてしまっている直樹たち全員にも言えることなのだが、マリィへの対抗心に燃えるリュゼの頭の中からは、そのことは完全に忘れ去られているようだ。

案の定、早速、リオノーラが見咎める。

「初めて見る顔だが、何者だ？」

「い、いや！　あたしはただの、しがない冒険者でして……」

下手くそな誤魔化しで逃れるライラだった。

（けど、まあ……確かに、平和的っちゃ、平和的に済んでよかったな……）

それに、騎士団といつものメンバーの味比べだ！　王都ではそういうことはなかったし、初めての体験。それを想うと、今夜からの勝負が楽しみだ。直樹の頬も自然と緩む。

場の空気も一転して弛緩したものになっていた。

「広間も食堂も自由に使ってくださいまし。皆さん仲良くですわよ♡」

「ま……順番までのんびりしてようかしらね」

リュゼも、ひとまず矛を収めることにしたようだ。

そして、三々五々、部屋に引き取る去り際に——セリューが声を掛けてきた。

「勇者殿……昼食の後、お時間を頂けるかな？　少しお話しておきたいことがあるのでね」

「え？　ああ……はい」

なんだろう？　やはり腹にイチモツあるのだろうか。

（まあ、悪い人ではなさそうだけど……）

そんなことを思いつつ、直樹もミラの案内で、いったん船室へと向かうことにした。


艦長室は見晴らしの良い船尾の最上層デッキに位置していた。

マリィたちの王族用貴賓室はその下の階とのことだ。船の中では一番偉いのは船長だと聞いたことがあるが、それは異世界でも同じようだった。

「面倒なことに巻き込んでしまって申し訳なく思っているよ」

部屋を訪れるなり、セリューから深々と頭を下げられて直樹は面食らった。

「いや、別にセリューさんが謝ることじゃ……」

「まあ、そうだな」

あっさりと認めたセリューは微笑して、直樹に椅子をすすめる。

広々とした艦長室だが、余計なものや装飾は一切ない。レスデア式の簡素な佇まいは、船室といえども変わらないようだ。

壁には海図と伝声管が取りつけられているのみ。椅子も執務用のものがひとつだけだ。

直樹を座らせ、彼女自身は備えつけのベッドの上に腰を下ろした。

身体の後ろに手をついてリラックスした姿勢をとり、すらりと伸びた脚を組み直す。

(ううっ……目のやり場に困る……けっこう胸も大きいし)

ビシッと着込まれた海軍服の盛り上がりは、その下で窮屈そうにしている乳房を嫌でも妄想させられるし、なによりロングブーツとミニスカートの間に覗く小麦色の絶対領域がエロ眩しい。騎士団といい、レスデアの軍には美人しかいないのだろうか。

「リオノーラからは、勇者殿に迷惑が掛からぬようにと相談されていたのだが……」

「リオノーラから？」

「ああ、実は彼女とは旧知でね。冒険者時代からの知り合いなんだ」

「冒険者!?」

リオノーラも、ということだろうか？　だとすれば、それは意外だ。

「けっこう気にかけていたぞ。君は本物の勇者だから、よろしく頼むと」

それもまた意外！　騎士道バリバリの彼女からは良く思われていなさそうなものだが。

(でも、お城で監禁されそうになったとき、助けてくれたのはアイツだったしな……)

いつの間にやら、けっこう認めてくれているらしい。

勇者としての自分にあんまり自信がないので、これは思ったより嬉しかった。なんだか、こそばゆい感じだ。持ち上げられて直樹は満更でもなかった。

「ま、そんな風に頼まれていたわけなんだが。しかし、あれで精いっぱいだった。だから、それについては力及ばず、申し訳なかった」

「そんなこと、気にしなくても……姫さんの無茶には慣れっこだし……正直、この程度で収まったことに、こっちがお礼を言いたいぐらいで」

実際、あのままだったら、頭に血を昇らせたリュゼが何をしていたことか。

直樹がそう言うと、セリューはニッコリと笑った。

「そう言ってもらえると、こちらとしてもありがたい」

(それにしても、なんか、めっちゃ頭良さそうな喋り方をする人だなあ)

物腰もそうだが、万事においてテキパキとしているというか。

それでいて、どこか人を落ち着かせるような……つい、その話に耳を傾けさせるような口調というか、声色というか。その穏やかな表情にも温かみがある。

「で、話って、そのことだけ？」

「いや、もうひとつ」

直樹の問いに、やはりテキパキとした答えが返ってくる。

「確かめておきたいことがあるんだ」

「確かめておきたいこと？」

解せぬ顔の直樹の前で、セリューが組んでいた脚をふわりとほどく。

チラリと見えそうになったスカートの奥に目を奪われたその一瞬後には、彼女は直樹の目と鼻の先にいた。

「えっ⁉　ちょっ……」

両手で椅子の背を掴まれて、囲い込まれる形。体温が伝わる距離。

むわりと立ち昇る女の色香が直樹の顔を炙る。

「行きがかり上ではあるが、立ち会い人となったからには……君のことをちゃんと知っておく必要があるだろう？」

「むぷっ……」

セリューに胸を押しつけられ、その柔らかい谷間に顔面がずむりと埋まった。

艶めかしい乳の香りが直樹の鼻腔を満たす。

（うわっ、すげ……良い匂い……）

椅子に腰かけたままの膝の上に跨《また》がられ、直樹は身動きが取れない。が、そうでなくとも、この心とろかす芳香に頭がぼうっとなって動く気すら起こらない。

セリューは直樹の服の下に手を這い込ませると、優しくまさぐり始めた。

「勝負とは言え、君は今の仲間たちと旅を続けたいと思っている。そうだろう？」

「え……それは、ええと……ううっ！」

たくし上げられた服の下から現れた、直樹の乳首に伸びる舌。

「くっ……おお……うおっ！」

ちゅぴ……ぺろっ……りろりろ、ちゅぷぅっ！

ひと舐めひと舐め、上目遣いで反応を探るようにして、しつこく何度も舐め焦らす。

そんな丁寧な愛撫に翻弄《ほんろう》され、答えを返すどころではない。

「んふふっ……ちゅううっ……リオノーラの望みは……ぺろっ……ちゅちゅっ……勝負に負けて姫様をあきらめさせ、王宮に連れ戻すことだろうが……んちゅ……もちろん、私もそれでいいと思っているが……だが、もし……愛する勇者に手を抜かれて負けたのなら、マリィ様は傷つくだろうな……」

散々乳首を吸ったセリューは、ようやく唇を離すと正面から直樹を見据えた。

「だから、私は確かめたいんだ。君がどんな人間なのかを」

「俺が……どんな人間か……だって……？」

「君はマリィ様たちの相手をするとき、手を抜いたりするのかな？」

真っ直ぐに直樹を見つめ、心の底を覗き込むような、それは挑発的な眼差しだった。

（手を抜く……俺が？　エッチするのに手を抜くかだって⁉）

冗談じゃない。それだけはあり得ない！

この世界の住人たちは、伝説だけでしか勇者を知らない。召喚されるまでの勇者を知らない。日々、ストイックにオナニーに励みまくっていた直樹のことを。

ことセックスに限って、手を抜くなんてことは断じてない……舐めるな！

プライドを傷つけられて、直樹の胸に闘志が沸き起こった。わからせてやる！

（それに……これは、これから四日間に渡る淫行クルージングの前哨戦……）

勝負はもう始まっているのだ。

直樹はやおら腕を回して女艦長を力いっぱい抱き寄せると、荒々しく乳房に吸いついた。

「あっ……」

セリューが驚いて声を上げる。が、かまいやしない。

そのまま顔を埋めて白のコマンダーシャツの上から無茶苦茶に吸いしゃぶる。

「あああっ……んぅっふぅうっ♡」

あまりの勢いに胸元のボタンが弾け飛び、ピンクのブラが露わになった。ツヤツヤした張りの良い褐色の胸に舌を差し伸ばして乳首をほじくり出す。

褐色肌の女艦長のそれは、そこだけ色素が薄い鮮やかな桜色をしていた。

(凄く綺麗な乳首だ……！)

美しい色ツヤ、それに、ふゆりとした乳首特有の柔らかそうな見た目。

こんなの、しゃぶりつかずにはいられない。

ちゅばちゅばっ……ぢゅるるっ……ちゅぷっ、ちゅずうぅっ！

「あ、ああっ♡　そんなに激しくされたら……♡　ああんっ♡」

直樹に吸われてピンクの突起は、たちまちのうちに硬く淫らに勃起《ぼっき》してしまう。

コリコリに尖りきったその先端を舐め、啄《ついば》み、引っ張り、押しこみ、存分に弄《いじ》り回す。

甘噛《あまが》みをすれば、ピクンピクンと震えるその身体。そして、発せられる牝の匂いが、徐々に濃くなっていく。

「んはあっ……♡」

セリューは感に堪えぬというように喉を震わせた。

「見せてあげますよ。勇者がどんな人間かってこと……セリューさんこそ、立ち会い人にふさわしいかどうか、ちゃんと証明してくださいよ？」

するると、喘ぎながらも、彼女は満足そうに微笑んだ。

「驚いたよ♡　頼もしいじゃないか……あのリオノーラが認めるだけは……んぁあっ♡」

直樹に乳首を吸われて再び余裕の表情が掻き消える。しかし、今度は彼女も、負けじと直樹の肉棒に手を伸ばしてきた。

「うおっ……き、気持ち良い……！」

ヒンヤリとした女の指がズボンの前を開けて、ペニスを外気に晒す。

すべすべした指の先が、くすぐるように撫であげる繊細な動きがたまらない。

だが、急所の責め合いは直樹に軍配が上がった。

「んふぅっ……ああっ……駄目……あっ、んあぁあっ！　くぅんんっ♡♡♡」

セリューが快感に耐えかねて身体を大きく反り返らせる。

感じやすいのか、乳首が弱点なのか。理知的な雰囲気とは打って変わって乱れ方が凄い。

「そんな声を出されたら、もっと張り切っちゃいますよ」

直樹はセリューを抱えたまま、スカートを後ろからまくり上げる。

すると、ツルツルした臀部《でんぶ》の地肌が露わになった。

(下着をつけていないのか……!?)

いや、違う！　尻の割れ目に指を運ぶと、紐状の布地が引っかかる。Ｔバックだ！

「おお、エロい……」

隙の無い軍装の下には、こんな過激なランジェリーが隠されていたなんて！

直樹の膝に跨《また》がるセリューの、よく発達した丸い牝尻は完全に曝け出され、小麦色した双臀を彩るのは派手なピンクの紐一条。

「ああ……恥ずかしい格好にさせられてしまったな……♡」

嬉しそうに荒い息を吐きながら、彼女は自身の股間をこすりつけて来た。

ぐにゅうっ、ぐちゅぐにゅ、ぬにゅうっ……

ガチカチに硬直した裏筋に、柔らかなマン筋が滑る。

極小ショーツのフロントの布越しに女の湿り気が伝わって、くねる腰の動きが心地良い感触を増幅する。

するる、ぬちゃっ……しゅる、しゅるるる、にゅくうっ！

「んっ、うっ……はあぁっ……気持ち良い……あ、当たって……」

ショーツを隔てても位置がはっきりと位置がわかるほど、クリトリスが勃起している。

「う……お、俺も……」

ねちゃねちゃと、いやらしい音を立て始めた摩擦は肉棒をむずむずと疼かせる。

擦れば擦るほど、セリューの湿りは増していった。やがて滲《にじ》み出した蜜液がポトポトと肉竿を伝い始める。下半身と同様、今や完全にはだけられた胸元でも、褐色の豊かな肉房がぷるんぷるんと躍っている。

「ふ、うぅ、ねぇ……もっと……♡」

セリューの理知的だった表情は溶け崩れ、いつしか快楽を貪る牝顔になっていた。知性の光を宿していた瞳はすっかり媚びた色に潤み、舌を突き出し、眉を歪めてせがむ口調は甘ったるい。

その艶めかしい舌肉を、直樹も舌を出して迎え入れた。

じゅるっ……くちゅ、にちゅ、ちゅぷ……ちゅぷうっ……！

いやらしい音を立てて互いを吸い合い、味を確かめる。

先と先を触れさせる舌だけのキス、折り曲げて押しつけ合い、あるいは裏側を追い回し、舌だけで可能なあらゆる動きでデュエットを愉しんで、それから、その奥へ。

どろどろの口腔《こうこう》内を、隅から隅まで舐め尽くすと、ますます感じたセリューが密着したまま身体をなよなよとくねらせる。もう、欲しくてたまらないはずだ。

だが、手抜きをしないか確かめると言った手前、それを言葉にはできないのだろう。

じりじりとした気持ちで挿入を期待しているのだ。

その気配を感じ取った直樹は、今にも挿《い》入れたいのを堪えてセリューの股間に手を伸ばすと、ショーツの中へと指を這い込ませた。

「うお、ビショビショ……」

ぬかるみから溢れたトロ汁が手の平に滴り落ちる。

その源泉に指を滑らせて陰唇を開くと、女の入り口はいよいよかと歓喜に震えた。

「んっ……♡」

なぞり、クリトリスの包皮をめくってやる。

「～～～～っ♡♡♡♡♡」

それだけで、セリューは軽くイッてしまった。大きく反り返って全身を痙攣《けいれん》させる。

無言のまま、目と目を合わせて意志を伝えると、セリューはコクリと頷いた。挿れても文句はないとの承諾だ。むしろ、早く貫いて欲しいという懇願だった。

そそり立つ怒張をあてがい、跨るセリューの中心にずぶりと突き立てる。

ぬずっ……ぐちぐちぐちっ、ぢゅぶ、ぢゅぶぶぅっ！

「あ……ああっ♡　お、大きい……んはあっ！　は、入って……♡」

形を覚えさせるかのように、ゆっくりと、ゆっくりと。時間をかけての挿入。

肉棒の侵入した分だけ、入れ替わりのように深くて切ない息吹が吐き出される。

女艦長の潤いは熱蜜を滴らせながら、直樹を受け入れていった。

「んは……あ、ううっ……♡　す、凄い……奥……まで……お腹の中ぁ、あ、ああっ♡」

ついに深々と貫かれて、彼女は褐色の乳房をぶるぶると震わせた。

接合を果たした直樹は、これでもかと言わんばかりに彼女を突き上げていく。

どちゅっ、どちゅっ、どちゅっ、どちゅっ、どちゅっ、どちゅっ、どちゅうっ！

「ふわぁっ♡　あっ！　あっ！　ああっ♡　ああんっ♡♡」

上下に激しく跳《は》ねるセリューの上体。

踊るおっぱいを頬張り、がむしゃらに吸い立てながら直樹は突き続けた。

セリューはどうやら、かなり感じやすい性質のようだ。胸とマ○コの同時責めに膣内が大洪水となる。愛液がじゅわじゅわと溢れ出て肉裂から滴り落ちる。

ここまで濡れが良いと、窮屈な姿勢でも思う存分に突きまくることができる。

「ああっ！　す、凄いっ！　これが勇者の……あっ、あっ、ああっ♡　奥まで、奥までぇ……ずんずん当たるっ♡♡♡　あ、ああっ！　これ好きぃっ！　もっと、もっと……♡」

言われなくとも、もちろんだ。

感じれば感じるほどに、女艦長の肉襞《にくひだ》は肉棒を求めて絡みついて来る。ぞわぞわとしたその感触を味わいたくて抽送《ちゅうそう》が止められない。

「セリューさんの膣内《なか》も、めちゃくちゃ気持ち良い……う、ううっ！　最高……！」

理性の仮面に隠されていた濡れまくりの可愛いマ○コに、直樹の興奮も最高潮だった。

ずぴゅう、ばちゅっ、ばちゅ、ばちゅっ、ばちゅっ、ずむ、ずどぉっ！

蜜浸しの肉壺をあらゆる角度から突き楽しむ。

対面座位に近い騎乗姿勢は奥深くまで簡単にペニスが届く。その上、セリューの子宮も快楽に反応して降りてきている。

どちゅ！　どちゅ！　どちゅ！　どちゅ！

渾身のひと突きひと突きが確実に彼女のポルチオを叩き、追い詰めていく。

伸びあがり、しがみつき、セリューもまた、激しく腰を打ちつけ返す。

「あ～っ♡　ああっ♡　んはあっ、はあっ♡　来る……ああっ、凄いのっ……大きい……あ、ああっ……凄い波……く、来るっ…気持ち良い波ぃ……♡　あっ、ああああっ、あっ！あっ！　だ、駄目、もうっ……来る……いくっ……いってしまう……あ、あっ……もっと突いて欲しいのに……もっと、ああ、もっと感じていたいのに……いくっ、いくっ……」

迫るアクメの瞬間を予期すると、セリューはがくがくと震える身体を直樹に密着させて、絶頂を堪えようと必死になった。

だが、深々と根元まで刺さった勇者棒は、それを許さない。

バウンドするほど大きく弾みをつけた一撃が彼女を突き上げる。

「んうぅんんっ♡　ああああああ、ああっ……あああっ♡」

そして、更にもう一度。もう一度、もう一度、もう一度！

「ああっ♡　いくっ！　いくぅ、あああっ♡　こっ、こんなのっ♡　駄目っ……駄目！　きっ、気持ち良すぎて……来るっ……来てる！　いくっ、いくいくっ……ああああっ♡　はああっ♡　んはああぁぁああぁっ……いくうぅぅうぅぅううっ♡♡♡♡♡」

絶頂と共に蜜水を派手に吹き散らし、セリューは果てた。

「どうして……射精をしなかったんだい？」

直樹が入れ替わり、裸身をぐったりと伸ばして椅子に預けさせてもらったセリューが、オーガスムスの余韻冷めやらぬ、ぼうっとした顔のまま尋ねた。

直樹はというと、彼女の正面に立ち、その美しい肉体を鑑賞中だった。

「いやー、勇者の精液には女を虜にしてしまう力があるから……それじゃあ、手抜きしているかどうかわからなくなるかなと思って」

そうなのか、というようにセリューは目を丸くしたが、その表情はすぐに可笑《おか》しそうな微笑みに変わった。

「……随分と真面目なんだな、君は」

「えっ？　そんなこと……」

「興味深い。実に興味深いな……そうか、これが勇者か。レスデア人の信奉する英雄か」

ひとりで納得している様子に不可解な顔でいると、彼女は「悪い、悪い」と笑って言葉の意味を説明した。

「色々あって今はレスデアの軍属だが私はアルダム出身でね。アルダム人は、この国の人々のように勇者を熱心に崇めたりはしない……けれども、アルダム王国は歴史の国。古代の遺跡を巡る冒険者たちの国。だから、私たちはひとりの冒険者としての勇者に興味を持つのさ……ふふっ♡　君が手抜きをするような人物ではないことは、よくわかったよ。安心して姫様をお任せできる。本当に凄かったよ……♡」

そう言って、さきほどの快感を反芻《はんすう》するかのように自分で胸に指を這わせてうっとりと眼を閉じる。乱れた着衣は脱ぎ捨てられ、今や彼女は全裸だ。

そのいやらしい仕草に、早くも直樹のチンポはピクリと勃《た》ち上がった。

「じゃあ、今度は立会人とか勇者は抜きで……」

「いいとも。確かめさせてもらおうじゃないか、女を虜にする力とやらを……」

そう言うと、セリューは両脚を持ち上げ、椅子の上で大きく広げてみせる。

（マ○コもすげー綺麗だ……）

直樹は見せつけられた生殖器の前にしゃがみ、間近に顔を寄せた。

褐色のなだらかな無毛の丘。その割れ目は乳首と同じで薄っすらとしたピンクだった。

美しいと感じるのは、大陰唇《だいいんしん》と小陰唇《しょういんしん》のバランスが良いからだろう。少しだけ、それも均一にはみ出した大人の愛の襞が、全体的に整った印象を与える。

すぐにでも剛直を潜り込ませたいところだが、それではもったいない。

濡れそぼつその緋唇にそっと舌を伸ばすと、ぴちゃぴちゃと舐め始めた。

「あ……あ、くぅっ♡」

感じやすいセリューが身をよじる。

愛液もすぐに溢れ出し、直樹の唾液と混ざり合う。てらてらと淫らに濡れ光る陰部を、しつこくしゃぶり、手を使わずにクリトリスの包皮を剥きにかかる。

「は…ぁうっ……♡　勇者殿の舌は……なんて心地良いんだ……さすがだな……♡」

「セリューさんのここが凄く美味しいからですよ。いつまでもこうしていたいぐらいだ」

「そ、そんな……あ、あっ……♡　いつまでも続けられたら、おかしくなっ……んんっ♡　は、早く……欲し……ああああっ！」

コリコリに尖った陰核《いんかく》をぺろりと剥き上げられて、セリューは喜悦《きえつ》の悲鳴を発した。

「欲しいなら、ちゃんと意思表示をしてくれないと……」

「だ、だから欲しいと言って……んあっ♡」

返事の途中でまた肉豆を啄まれ、切ない声が上がる。

「違いますよ。こうやって自分の手で……」

直樹はセリューの手をその場所に導いて、自分で自分を慰めるよう暗に示す。

「ゆ、勇者殿の見ている前で……しろというのか？」

「そう、観ている前で」

「そんな……う……うぅ……くふぅっ……！」

恥ずかしそうに目を細め。それでもセリューは指を動かし始めた。

両手を使って割れ目をくぱっと開き、躊躇《ためら》いがちにクリトリスを弄る。

「見せるだなんて……は、恥ずかしい……ものだな……」

「恥ずかしいのにするなんて、よっぽどチンポが欲しいんですね」

「ああ、言わないでくれ……勇者殿が言い出したことなんだ……ぞ……あぁっ♡」

セリューの人差し指が秘芯の上でくりくりと円を描くように動く。それはもう、止まらなくなってしまっているようだ。

「んんっ♡　んっ♡　ん〜〜〜♡　あぁっ……♡」

羞恥に目を固く閉じ、切なげに眉を歪めて歯を食いしばっている。

「自分でイッてみてください。全部、観てて あげますから……」

「なんて……男なんだ、勇者殿は……意地悪だな……んんっ、あふっ♡」

くちゅ……くちゅ、くちゅ、ぴちゅ……ぴちゃっ
セリューの指はクリトリスから下へと向かい、陰唇の内側をなぞり出していた。

女の指の、繊細でしなやかな動きは独特のいやらしさだ。それに、濡れていく女性器をじっくりと観察できるのも、いつもと違った興奮がある。

「まだイケない？　なら、少し手伝ってあげますよ……」

ぱっくりと開いた膣口《ちつこう》目掛けて息を吹きかけられると、セリューの腰がびくびくびくっと波打った。

「ああっ……♡」

「ほら、自分で胸も弄って……」

「ふあ、あふぁっ……ああん……♡　嫌ぁ……じ、焦らさないでぇ……早く」

「それは、セリューさん次第かな」

言われるがままに、女艦長は激しく胸を揉み始めた。寄せ上げた乳首を自分で舐める。

淫裂に指を突っ込んでずぼずぼと出し入れする。

直樹も、その股座《またぐら》に顔を突っ込み、指ごと舐めてやる。

「ああ、ああっ♡　ああんっ……欲しい……欲しい……君のチンポ……太くて逞しくて、膣内をごりごり擦ってくれる、あのチンポ……あ、あ……たまらない。欲しくて欲しくて

たまらないんだ……♡　挿れて……ああっ、いくから……い、今イクからぁ……早くっ、早く……ああっ……あああああ〜っ♡♡♡♡」

がくんがくんと腰を震わせてセリューが絶頂した。

弛緩した両脚が投げ出される。直樹はすかさず立ち上がり、その片方の脚を肩に担いだ。

「あっ！　ま、待ってくれ……イッたばかりで、今っ……」

敏感になっているのだろう？　わかっている。

「早くって催促したのはセリューさんの方ですよ」

とぼけたひと言と共に、感じやすくなったマ○コにペニスを突き刺した。

「んあああはあぁぁぁぁあぁぁ〜〜〜〜〜〜♡」

悶絶！　セリューは挿入だけで再びイッた。肉棒が膣内を進むその一瞬一瞬で、何度もアクメする。肉裂からは絶頂水が散華して艦長室の床を濡らす。

「ひうっ……あっ、あはぁっ……♡　あ、あっ……お、おかしく……なるぅっ……♡♡♡」

ずぶちゅぶずちゅちゅっ……ぢゅぶぢゅぶぢゅぶうっ！

先ほどの体位とは逆の、男がのしかかる挿入が女の急所にいっそう強烈《きょうれつ》に突き当たる。

騎乗でも挿入は深まるが、なによりこの姿勢は男に押さえつけられているという感覚が与えられる。女の感度は倍以上に高まるのだ。

そこからの抽送は、止むことのないオーガスムスの嵐だった。

褐色の肉体を、狂ったように左右によじる姿は、さながら荒波に翻弄される船そのもの。

「あぁっ、いくっ……またイクっ……んっ、あはあっ♡　またっ……あぁぁあ、あぁっ！　またイク！　いくっ、いくっ！　ああんっ♡　ああ、ああんっ♡　ひゃううっ、またっ……いくっ……いくっ、いくいくいくっ♡　あぁあぁあんっ♡　またいくうっ♡」

片足だけを高々と担がれた淫らなポーズで、息も絶え絶えとなって喘ぐセリュー。

直樹は彼女の美巨乳も、思うさま歪ませて揉みしだき、堪能する。

ビンビンに尖った乳首、突くほどにぎゅうぎゅうと締めつけが強くなる膣肉。最高だ。

この船の最高司令官である彼女を自分のチンポが屈服させているのだ。

もちろん、直樹とてこの極上の媚肉に対し、平気であるはずもない。少し気を緩めれば、たちどころに精を漏らしてしまうほどの快感だった。

とにかく、濡れまくったマ○コのじゅるじゅるという潤滑の感触がエロすぎる。

肉がひとつに融け合っているかと錯覚するほどの締まりなのに、自在に抜き差しできるのだ。いくらでも突ける。そして、突けばますます熱蜜が溢れ出す。

「こっ……今度は出すぞっ！　遠慮しないからな！」

「ああっ♡　ああんっ♡　出して！　ひぃんっ♡　な……膣内に出してぇっ♡　はあっ♡　ゆっ……勇者の精液ぃいっ……いっぱい……♡　あっ、ああっ♡　あっ♡」

連続でアクメしながら、セリューが泣きそうな声で懇願する。

「私のはしたないイキすぎマ○コに、勇者殿の精子をありったけ……ああっ、ああああっ……そ、注いで……♡　いっぱい……ああんっ♡　ああっ……んはぁぁっ♡♡♡」

「ううっ……イッ、イクッ！」

最後のひと突きを子宮口に密着させて、直樹は煮えたぎる熱濁を解き放った。

「あああっ♡　ああ～っ♡　私もっ……♡　あああっ……あ～～いくっ♡　いくうううぅっ♡」

ずぴゅ、びゅぶるっ……どぴゅっ！　びゅう～～～～～！　びゅぷぷぷぷぷううううっ！

子宮口に密着させた筒先から、凄まじい勢いで熱い子種が流れ込む。

「精子ぃ……あ……私の中に……注がれてる……凄い……！　ああ、気持ち良い……♡　お胎《なか》の中でびゅーびゅーいってる……♡　は、あ、あぁぁぁ……♡」

射精の瞬間にも絶頂したセリューは、うっとりとして、流れ込んで来た精を一滴も零すまいと直樹の腰に強く股を押しつけた。

「あ、あ……凄い……これが勇者の精液……♡　ほ、本当だな……もっと、もっと欲しくなる……本能のように……お、抑えられない。確かにこれは……う、う……♡」

「だから、言ったでしょ……真面目もなにも、本当に凄いんだってば……うぷっ！」

飛びついてきた彼女の唇に口を塞がれ、直樹はそのままの勢いでベッドに押し倒された。

「おわっ！　セ、セリューさん！　な、なにを……」

「ああ、よくわかったよ。もう確かめることは、なにもない……♡」

そこから先は、理性も知性も、公平さも関係ない世界。

直樹は求められるまま、何度も何度もセリューを貫き、彼女の膣内を満たした。

第三章　勇者争奪♥ハーレム対決！

「やれやれ、マリィは相変わらずだな……」

夕食を終えて自分の船室に戻ってきた直樹は、そう呟いて肩をすくめた。

お昼は各自で食事をとって、それから艦長セリューとの会見に赴いたのだが、その後、再会を記念して晩餐を用意させたとマリィからの誘いがあり、みんなで食堂に行くことになったのだ。

といっても、いきさつがアレなだけに、ぎくしゃくした夕餉となった。

直樹はマリィとセリューと同じテーブルで歓待を受けたが、他の仲間たちと騎士団の面々は別々のテーブルに仲間同士で固まり、打ち解けない雰囲気。

だが、そんな空気も、ものともせずにマリィだけは大はしゃぎだった。

挙句に、このために用意して来たと、なにやら怪しげな大箱までプレゼントしてくれる始末。中身は開けてのお楽しみということだったが、どうせロクなものではないだろう。

レスプールでの接待でコスプレ談義に花が咲き、色々な衣装をもらったことを思い出す。

あのときは、後でリュゼの顰蹙《ひんしゅく》を買って大変な目に遭ったものだ。

今回も見つかったら何を言われるか。

とはいえ、あの性格はともかく、マリィのエロセンスには一目置いている直樹だ。

（ま……とりあえずは隠しておこう）

と、持ち帰ったプレゼント箱をベッドの下の奥の方に押し込む。

そこにノックの音。フィリアがやって来た。

「失礼いたします……勇者様」

その隣にはアニー。このふたりが今夜の相手だ。

フィリアはいつものひらひらビキニだったが、アニーは城内の甲冑姿とは違って軽装だ。

ホットパンツにチューブトップのシャツという出で立ち。胸元から上の素肌の健康的な露出もさることながら、太腿や、こぼれ出そうな谷間が目に眩しい。

大胆な装いは、すらりとした長身に肉づきの良い彼女のプロポーションに似合っていた。

「何をしてらっしゃったんですか？」

ベッドの前に四つん這いになっていた直樹を見てフィリアが尋ねる。

「いっ、いや……なんでもないんだ！」

直樹は慌てて立ち上がり、誤魔化した。

「いやー、とんでもないことになったなって！」

すると、フィリアもアニーと顔を見合わせ、はにかんだ笑みを浮かべる。

「そ、そうですよね……本当に」

「でもまぁ、それならそれで、こっちも楽しませてもらおうかな」

「あはは……勇者様も相変わらずですね」

「そりゃあ、こんな最高に美味しい想いができるんだから……」

上手く注意を逸らせた。ほっとして舌も滑らかとなる。

「アニーとまたヤれるのも嬉しいぜ」

緊張した面持ちの彼女を気遣ってみせると、フィリアが眉をピクリと動かす。

「へぇ……アニーともけっこうしてたんですね……」

「あ……」

ちょっと妬いている感じ。パーティのリーダーとして、いつもは弁《わきま》えた言動のフィリアだが、ふたりきりになると素の顔が出る。

「そ、そういや、ふたりとも知り合いなんだよな」

だが、今はアニーもいるのに……と、そこで思い出した。

確か、一緒に剣の修業をした仲だと前に聞いたような。

「ええ、同じ故郷の幼馴染でして……それがまさか、こんな組み合わせになるなんて」

再び顔を見合わせ、アニーと共に顔を赤らめる。

「ねぇ……」

うわっ、なんだ、この空気感！　なんか尊くない？

(でも、そりゃそうだよなあ……小さい頃から仲良しとはいえ、こんなことになるなんて思いもしなかっただろうしな！)

そして今夜、ふたりはもっと仲良くなるんだな！

尊みを台無しにする下衆い想像に興奮した直樹は、

「じゃあ、今日は幼馴染同士、初めて一緒にエッチするわけだ……」

わざわざ言葉にして無遠慮にふたりの胸に手を伸ばす。

「ひゃっ⁉」

「ゆ、勇者様……‼」

「へへ……ふたりともいやらしい格好しやがって……」

背後に回って諸手に抱き、量感たっぷりの柔らかな乳肉を同時に愉しむ。

「うぅ……い、いやらしいだなんて……」

「そ、そんなつもりは……」

弁解の言葉と官能の呻《うめ》きを上げる幼馴染ふたり。

恥じらいに染まる頬、困惑と快感で歪む眉、殺し切れない甘い息遣い。

たまらない、たまらない！

指先で、それぞれの乳首をコリコリと弄《もてあそ》び……さあ、これからどうしてやろうか。

(めちゃくちゃ恥ずかしがらせて……って路線でいくか？　それ、いいな！)

が、フィリアのひと言で風向きが変わった。

「でも意外ね、普段、勝ち気なアニーが、こんなしおらしくなるなんて」

「むっ……」

その幼馴染ならではのマウントに、それまで大人しかったアニーが気色ばむ。

「なによ、余裕ぶっちゃって、言っとくけど本気で勝ちにいくからね‼」

「へぇ～、私より勇者様と相性が良いと？」

お互いに対抗して直樹の顔に胸を押しつけ合う。ヒンヤリとした中にも、温もりのある幸せな感触……だが、思っていたのと展開が違って来たような⁉

「お、おい？」

「舐めないでよね！　あたしだって沢山エッチしたんだから！」

「ふーん、じゃあ、どっちが気持ちいいか勝負しよっか？」

「最初から、そのつもりだってば！」

互いに競って胸をはだけると、乳房の谷間に直樹を挟んでの奪い合いが始まった。

フィリアのロケット型巨乳はアニーよりもひと回り大きく、触れた心地も、とろとろに柔らかい。まさに女性的な正統派の、おっぱい・オブ・ザ・おっぱい。

対するアニーの褐色の乳房は、サイズこそ一歩譲るものの、それでも十分に巨乳だし、そうでありながら、綺麗な半球状を保つツルツルぷにぷにの弾力が絶品だ。

「フィリアには絶対負けないんだから！」

「それはこっちのセリフよ！」

むにゅむにゅっ！　ぷるんっ！　ふわあっ、にむにむ！　ぷるるるるんっ！

こすりつけ、谷間に誘《いざな》う、おっぱいの異種格闘技戦が始まった。

その上ふたりとも、我先《われさき》にと直樹の股間へ手を伸ばす。

「あ、あ……うあぁ……」

右からはアニーの褐色おっぱい、左からはフィリアの美白おっぱい。目の前では乳首が上を向き、下を向きして張り合い争う。終いにはふたつの谷間に首を挟まれてのおっぱいマフラー状態。柔らかくて、温かで、すべすべしていて、ふわふわで……。

むわっと漂う、女ふたり分の乳の芳香に頭はクラクラだ。

下着の中に這い込んで来た指先が絡み合い、その感触もめちゃくちゃ気持ち良い。

恥じらわせてやろうなどという余裕は一瞬で吹き飛んだ。

チンポの争奪戦を制したのはフィリアだった。

「じゃあ、まずはお口で……」

直樹をベッドに腰かけさせ、股間の前にしゃがみ込むと、見てなさいとばかりに一気に根元までペニスを呑み込む。

ぢゅっ……ぢゅるるるっ……ぢゅるぢゅるぢゅるっ！

「おお……」

いつもは丁寧な舌使いをする彼女が、あろうことか下品な音を立ててのバキュームだ。

幼馴染の観ている前だというのに、いや、むしろ、見せつけるかのような……

ライバル心剥き出しじゃないか！

（す、凄いっ……唇をこんなに突き出して根元まで吸い立てるなんて……）

もちろん、口の中でも舌の腹を裏筋にねっとりと押し当てて丹念にねぶり上げる。

ねちゃあっ……ぢゅぶるるるるるっ！

「うあああっ……」

こんなフィリアは初めてだ。

（これは勃起させるためじゃなくて……少しでも早く搾り取ろうとしているフェラ……）

ぐぽっ！　ぐぽっ！　じゅぽ、じゅぽ、じゅぽ、じゅぽっ！

美しい顔を完全に直樹の股間に埋め、喉奥まで肉棒を運ぶ。

「うぅ……」

ディープスロートは激しさを増し、裏筋が彼女の舌の上を滑る度に熱い唾液が絡みつく。

「んっ、んっ……んっ！　はぁっ……はぁ……くぷ、ちゅく……♡」

「くっ……」

ただ見せつけられているわけにはいかないと、アニーもシャツを脱ぎ捨て、おっぱいを吸わせてくれる。ふたりの競争心のおかげでハーレム感が凄い。

（ヤバイ！　だ、ダメだ……刺激が強すぎてコントロールが……！）

「で、出るっ……!!」

びぷっ……びゅるるるるるっ！　どくっ、どくっ、どくっ……！

爆《は》ぜた肉棒がフィリアの喉に直接白濁を流し込む。

だが、女剣士の見せつけフェラは、それで終わりはしなかった。

「んっ……」

咽《む》せ返ってもおかしくないほどの強烈な直射精を、根元までペニスを咥《くわ》え込んだまま、ものともせずにそのまま体内へと受け入れる。

目を閉じ、じっくりと味わい、吸い出しを止めることなく！

ごくっ、ごくっ、ぐぷぷ……ごくんっ！

「んっ、んんっ……」

（お、おぉ……凄い……ひたむきな感じ……真面目なフィリアならではだ……）

あっさりイカされてしまったが、それも納得の、奉仕に徹したブロウジョブ。

魔王討伐隊のリーダーとして、どこに出しても恥ずかしくない立派なフェラチオだった。

が、余韻にひたる間もなく、

「次は私の番ですよ……♡」

耳元で囁いたアニーが直樹の前に四つに這うと、亀頭に舌先を泳がせる。

つき合いの長さを誇示するかのようだったフィリアと違い、アニーの舌使いは、どこか遠慮がちだ。

（久しぶりだからな……しかし、これはこれで、そそるよな）

長身でアスリート系の伸びやかな背筋が美しい。髪型もショートボブだから体育会系のガールフレンドが慣れないサービスに挑戦してくれている感じがあってたまらない。

アニーは直樹の反応を窺うように、今度は唇を寄せてきた。

「あっ、あ〜……すっげ吸いつき……あ、あ……」

一気に根元までいかない分、咥え込みがくっきりと感じ取れた。

唇を肉幹にまとわりつかせて、きゅっきゅっとすぼめ、快感を与えてくる。

「勇者様をこんなに感じさせるなんて……なかなかやるじゃないアニー」

快感に慄《おのの》く直樹の背を預かるフィリアが感心する。だが、負けを認めたわけではない。

「でも、まだイク気配は無し……どうやら速さは私の方が上みたいね」

それを聞いてか、アニーが派手に舌を使い始めた。

咥え込んだ肉棒のカリ裏までじっくりと味わい尽くすおしゃぶりだ。

「んっんっ……んん……んっ♡　んっ♡」

甘い鼻息を漏らしながらの一心不乱の舌奉仕は熱を帯び、徐々に徐々にとストロークを深くする。そして、全霊を込めた強烈なロングバキュームへと移行した。

ぐぷっ、ちゅ〜っ、ぢゅるるっ、ぐぷっ、ぢゅぷっ！　ぶぢゅぢゅちゅちゅちゅぅぅぅっ！

「うあぁぁっ……!!　あぁっ……!!　ちょっ……呑み込まれる……!!」

いきなりの力強いフェラ、牝獣への変貌《へんぼう》。

自らの唾液ごと吸い取る勢いは立てる音もいやらしく、下品そのものだ。

（ぐおおっ……俺の好み！　わ、わかってるぅ……！）

フィリアの知らない王宮での直樹とのエッチを誇示するかのように、彼女もまた的確に急所を突いて来る。その熱い喉奥で直樹の肉棒がびくんと震えた。

「出るっ……!!」

どぷうっ！

「んんっ♡　ん……」

口内に放たれた大量の濁液を、物言わず受け止める。それもまた極上だった。

「うぅ……」

目を閉じて至福の表情を浮かべる直樹の様子に顔をこわばらせるフィリアに向かって、アニーはどうだと言わんばかりに舌を突き出し、その中身を見せつけた。

「ふっ、ふふ♡　射精量なら……私の勝ちね……フィリア……♡」

どろりと糸を引きながら、褐色の胸の谷間に滴り落ちるザーメン。口中を満たす白濁。

「くっ……」

言い返そうにも、自分は呑み込んでしまったので証拠がない。

が、実際にその通りだろう。歯ぎしりしたフィリアが燃え上がる。

「まだまだ……!!」

次の勝負はベッドの上での本番となった。

「勇者様は何もしなくていいですからね……♡」

そう言って、直樹を優しく寝そべらせ、吐精してなお元気な剛直に跨る。

ずぷ、ぎちゅ……にゅくっ、ずっぷううっ！

彼女の秘所はすでに熱泉。軟泥と化した女性器は難なくチンポを受け入れる。

にゅるっ……ず、ずぷぷっ、にゅちゅううっ！

「あっ♡　すごい……♡　勇者様、今日もビンビン……♡」

「ちょっと……勝負ってこと忘れてない？」

気持ち良さそうに身体をくねらすフィリアに対して、アニーが文句を言う。

「んっ……そっちこそ大人しく待ってればいいのに……そんなとこ跨っちゃって……」

そんなとこ、というのは直樹の顔面だ。

全裸となったふたりの美女に跨られ、チンポはフィリア、口ではアニーを同時に味わう。

「なによぉ、勇者様はこういうのも好きなんだからいいじゃない」

「ふ……ふたりとも仲良くしろよ……」

大変けっこうな具合ではあるが、お互い、ちょっと張り合いすぎじゃないのか。

「ごめんなさい、勇者様……私たち、昔からいつもこうで……んっ……」

「そ、そうなんです。決して仲が悪いというわけでは……あんっ♡」

喘ぎつつも、ふたりは口々に弁解した。つまり、親しいがゆえということか。

「じゃあ……ふたりの昔話を聞かせてくれよ……」

「そ、そうですね……」

興味が出たので尋ねてみると、挿入状態のまま、フィリアは昔のことを語り始めた——

「どうして木の枝なんか振ってるの？」

村はずれの森のいつもの場所にアニーの姿を見つけて声を掛ける。

アニーはひとつ年下だが、発育が良くて身体が大きい。同じ年頃の男の子よりもだ。
だから、村の悪ガキたちも一目置いていて、ちょっかいをかけたりしない。
そんなことをしようものなら、追いかけ回された挙句、手痛い仕返しにあうからだ。
「剣の修業？　どうして、ひとりで隠れてやっているの？」
返事がないので重ねて尋ねる。
それは、気が弱くて引っ込み思案のフィリアにしては珍しい行動だった。
いつもの自分なら相手が黙っているだけで、気持ちがくじけて立ち去っていただろう。
そもそも、自分から誰かに声をかけたりなんかしない。
(でも、私は決めたんだ……自分を変えようって！)
今日がその日だ。だから、ここへ来た。
支えは、錬金術師である姉が教えてくれた言葉。
万物は万物に変化する――たとえ、弱虫な自分でも、何者にでもなれる。
いつもここで黙々と木の枝を振っているアニーが、そのきっかけになる――フィリアは
そう直感していた。
アニーはそれでもやっぱり黙ったままだった。
でも、怒っているのではなさそうだ。答えあぐねて戸惑っている風だ。
「……兵士になるの？」
口にしてから、兵士じゃなくて冒険者かな？　と思った。

アルダムは冒険者の国だ。だから、子供はみんな冒険者に憧れる。男の子は特にそうだ。女の子でもそうだ。女の冒険者も少なくない。

だが、王都でもないこんな田舎ではそうもいかない。やがては、土地の男に嫁ぐこと、それが親から望まれるすべてだった。

きっと、アニーもそうに違いない。だから、ここでひとりで修業をしているのだ。

彼女もまた、変えたくても変えられない自分との戦いをしているのだ。

フィリアの三度の問いかけに、とうとうアニーが首を振った。

しかし、それは、頷いているようにも、否定しているようにも見える曖昧なものだった。

「……！」

その様子に、フィリアは、そうかと閃いた。

これが姉の言っていた変化の境界――物質が何にでも変わることのできる分岐点。

優れた錬金術師はその機を逃さず捉え、石を銅に、銅を銀に、銀を金に変えるという。

「もしそうなら、一緒に練習していい？　私も兵士になりたいの！」

「……！」

思いがけないフィリアの笑顔と提案に、一瞬アニーがたじろぐ。

が、すぐにその表情は、胸のつかえが取れたかのような晴れやかなものになった。

「いいよ……」

地面に落ちていた木の枝をアニーが「ほら」とフィリアに放って寄越す。

「……それからは親友でもありライバルでもあり、将来は一緒に立派な剣士になろうって約束して、女性が活躍できるレスデアに士官したんです……」

と、締めくくるフィリアに、良い話だなぁ……と、直樹は感じ入った。

しかし、もっと良いのは、そんなふたりが今、一緒になって自分に奉仕していることだ。

「それで……今はこうしてふたり仲良く俺に跨ってるわけか……」

「あっ♡　そっ、それはぁ……♡　ああっ♡」

「これはあくまで……勝負ですからぁっ♡」

昔話の最中に入れ替わり、今度はフィリアが顔面騎乗、アニーは挿入。

ふたりとも友情のマン汁をとろとろと垂れ流し、ぷるぷると小刻みに震える身体を寄せ、固く両手を握り合って快感に耐えている。

熱に浮かされたふたりの顔と、下からのアングルで眺める巨乳の揺れる様がたまらない。

「勇者様っ……♡　わ……私の方が気持ちいいですよね……？」

「あ、あたしの方が……もっとギュウギュウに締めつけてあげますからぁ……♡」

正直、こんなの優劣なんかつけられない。フィリアもアニーもマ○コの味は百点満点だ。

贅沢すぎるW騎乗を心ゆくまで堪能させてもらった直樹は起き上がり、いよいよ決着と、ふたりを並べて寝かせた。

「そういうことなら……どっちがより気持ちいいか、味比べしてやるからな」

「あ……♡」

「……♡」

期待に胸をドキドキさせて、ふたりが見つめる。これも、悪くない。

向けられた熱い眼差しに、勇者棒はいっそう激しく怒張した。

「しっかり締めつけろよ……!!」

直樹はそう言って、まずはアニーに挿入！

ずにゅ、ずにゅ、ずにゅ、ずにゅうっ！

「ああっ♡」

どろどろの熱坩堝《るつぼ》にチンポが深々と収まる。

アニーは約束通りに何度も締めつけを繰り返し、蜜肉で抱擁してくれる。

「あー……最高……アニーのマ○コ、とろっとろだな……」

そう言って腰を動かし、ぐちゃぐちゃに膣内を掻き混ぜてやる。

すると、となりに寝そべるフィリアが待ちきれなくなって自分の肉裂に指を出し入れして慰め始めた。

「勇者様……早く……私にも……」

（おおっ！）

これは、これまでの旅で身についた習慣だ。

仲間の内でもフィリアは性欲が強い。焦れると我慢できなくなる。そうなったら自分でオナッて見せるようにいつも直樹が要求するので、いつしかフィリアの定番行為となった。

それを幼馴染と一緒のプレイでも見せてくれるとは！

ちゃんと直樹に見えるようはしたなく脚を広げ、だらしない喜悦の表情でせがみながらクリトリスを指で擦り立てる。

（こっ……これはポイントが高い！）

「よし、次はフィリアだ……」

直樹は拡げられた媚肉の裂け目にずぶりと肉棒を突き立てた。

それも、フィリアの両腕を掴まえて、ぐっと引き寄せるご褒美挿入だ。

「～～～～～～♡」

「おおっ……‼　いつもより更に気持ち良くなってるぞ、アニーに負けないようマ○コに力入れろよ……！」

「は、はい……あ♡　あ～～～～～～っ♡　あ～～～～～～～～っ♡」

ぱあんっ、ぱあん、ぱん、ぱん、ぱん、ぱん、ぱぁん、ぱぁんっ！

ピストンクラップが鳴り響き、フィリアはもう勝負どころではない絶叫を上げて法悦を貪っていた。アニーも、そんな幼馴染の姿に当てられて身をよじる。

「ゆうしゃ……さま……♡」

だが、彼女はオナニーまでは披露できない。ただただ快楽の余韻の中を漂っていた。

（そこはやっぱり、つき合いの長さでフィリアのほうが俺の好みをわかってくれてるか）

だが、それなら……今夜中に、アニーにも憶えてもらうまで。

そんな邪なことを思いついたせいで、一気に射精欲が込み上げる。

「うっ……そろそろ限界だ……!!」

基本的に、ふたりとも引き締まった肉質のスポーティなマ○コなのだ。それがどちらも素直に言いつけに従ってぎゅうぎゅうに括約筋《かつやくきん》を絞ってくるのだからたまらない。

だが、限界になってからが真骨頂。直樹はとっかえひっかえして交互に挿入を繰り返し、幼馴染同士の仲良しアクメに誘っていく。

ずちゅっ、ずぽずぽっ！　にゅくちゅっ！　じゅぽじゅぽっ……

「あっ……ああっ♡　凄いぃっ……お城のときより、ああんっ♡　か、感じるっ！」

「あっ♡　アニーと……い、一緒に……い、いくっ……いっちゃう……♡」

白と黒、対照的な裸体が直樹の下で悦楽にくねりまくる。

「い、いくぞっ！」

「は、はいっ…出してください……！　膣内に……んあああっ♡」

「ああっ♡　んああ♡　あっ……あ♡　欲しいですっ♡　も……我慢……できない……」

どくうっ！　どくどくどくっ！　びゅるるるるるっ、びゅるうっ！

フィリアに発射。そして、すかさずアニーの膣内にも注ぎ込む！

びゅるびゅるびゅるびゅる、びゅぱあっ、びゅく、びゅるるるるるっ！

「んんぅ♡　んっ♡　あああ♡　はぁあぁぁあああぁっ♡」

「ああああっ♡　凄いっ♡♡　ああっ、こんなにっ♡　ああんっ♡　はああっ♡」

ふたつの子宮に流し込まれた熱濁が膣道《ちつどう》を逆流して溢れ出る。

「ふぅ……すげぇいっぱい出た……ふたりが頑張ってくれたおかげだな……」

恍惚《こうこつ》のとろけ顔を並べて横たわるフィリアとアニーの裸身を見下ろしながら、満足した直樹は汗をぬぐって労いの言葉をかけた。

が、満足すぎて、やはり勝ち負けは決められない。テクも情熱も、身体も互角。強いて言うならば、さっきのフィリアのオナニーか。

アニーが同じことをしてくれるなら話は別だが……

「私、まだ……本気出してないですからね……♡」

「あたしだって、まだまだ負けないんだから……」

直樹の言葉に、またしても張り合いが始まる。

(この調子なら、心配しなくてもしっかりと憶えてくれそうだな)

密かな期待に胸が高鳴れば、チンポもすぐに復活だ。

「それじゃあ、ふたりにはもっと頑張ってもらうとするか……」

「はいっ……♡」

直樹の心づもりに気づきもせず、アニーが真摯な眼差しで答える。

(あれ、でも待てよ……そうすると、結局また引き分けってことに……？)

まあ、いいか！

直樹は女騎士のぱっくりと開いた秘所に、再び熱棒を突き入れた。

果たして、結果は引き分けとなった。


そして翌朝――。

じゅぷっ、じゅるんっ、じゅぷぷぷっ！

勇者争奪ハーレムの二戦目は、下品なディープスロートと共に始まった。

その音の主はドロテアだ。

部屋に入るなり直樹の朝勃ちを胸の谷間に挟み込み、物凄い勢いで吸い出したのだ。

「す……凄い……」

一緒にやって来たリディとトゥーラは、勇者をベッドに押し倒しての熱烈なパイズリに、ただただ圧倒されるばかりだった。

「ちょ、ちょっと待て……ド、ドロテアっ……うぅ……」

直樹が主人であるはずなのに、こうなってしまったらドロテアは止めることはできない。

淫魔の舌技がねちっこく絡みつき、二騎士の前でマーキングするかのように熱い唾液を塗りたくる。

二組目の女騎士のうち、リディは十七才。直樹とほとんど変わらぬ年齢だ。

相方のトゥーラは十九。年上ではあるが彼女は彼女で小悪魔的というか、お兄さんっ子の妹気質のせいか、ＪＫっぽさがある。

ふたりの服装も城内での出で立ちとは違って普段着っぽいし、髪型はそれぞれポニテにツインテで、騎士団の年少ペアは直樹にとって同級生の女子のようなものだ。

その目の前で一方的に責められ、喘ぐ姿をさらすのは、とんだ羞恥プレイだった。

「ドロテアさんとってても上手……それなのに元気ないですね？　勇者様。いつもはもっとガチガチだったのに」

見とれていたトゥーラがようやく我に返った。そして、その観察眼はなかなか鋭い。

「あ、ああ……昨日のふたりに絞られすぎてな……」

「え～！　頑張ってくださいよ～。私たちも久しぶりなんですから～♡」

トゥーラが前をはだけて惜しげもなく乳房を晒し、直樹に添い寝する。

「ずーっと、こうしてエッチするの楽しみにしてたんですよ？」

そう言って、リディもすり寄ってくる。

ドロテアの胸に肉棒を挟まれ、両脇には女騎士ふたり。花に囲まれての全裸で大の字。

王様の４Ｐのスタートだ。

「う……おぉ……」

「乳首弱いんですねぇ♡」

年少女騎士たちの可愛らしい舌がちろちろと舐めくすぐる。

（さ、最高……！）

昨夜に引き続き、自分ではなにもせずとも、女たちがひたすら奉仕をしてくれる。

認めたくはないがマリィ様々だ。おかげで、ご機嫌な船旅だ。

「ひさしぶりに騎士団たちとするのも良いもんだな……」

愛撫を堪能しながらそんなことを口にすると、トゥーラがすっと目を細めた。

「ふふ……そんなこと言って……最初から皆と別れるつもりなんてないくせにー♡」

「え？」

「そもそも、姫様のこと警戒してますもんね～」

リディも頷く。うーん……すっかり、ばれてーら。

（そうだよな……騎士団の子たちも、そう思ってるよなあ……）

ぶっちゃけ、勝敗の決定権が直樹にある以上、名目上は争奪戦でも、最終的にどちらと旅を続けるのかは直樹の意志なのだ。

立ち会い人のセリュー艦長もそれは心得ていて、だからこそ手抜きはして欲しくないと釘を刺されたわけで。

どう答えたものかと言葉を濁す直樹を見て、トゥーラが悪戯っぽく笑う。

「でも、そうはいきませんよ。私たちだってあれから沢山勉強してきたんですから♡」

「姫様の提案には驚きましたけどね……こういう機会があれば、勇者様を堕とすつもりでいたんです♡　私たちの連係プレイ見せてあげますよ♡」

ふたりは直樹を立ち上がらせ、トゥーラがチンポ、リディは直樹の尻に顔を埋める。

「うっ……おぉぉぉ……!!　おぉ！　すげ……前後から……」

ちゅっ……ちゅぽっ……ちゅぽっ……！

ドロテアの強烈なバキュームと比べると、たどたどしさはあるものの……きっとそれは計算だ。同じ土俵で戦っては勝てないと見極めての初々しい舌使い！

「んっ♡　んっ♡　んー……♡　ちゅぽ、ちゅっ、ちゅぱっ……♡」

「んんっ♡　ふうっ♡　ぺろ……くぷっ♡」

少しずつ、少しずつ。トゥーラの唇が直樹のペニスを這い下り、リディの舌先が肛門の奥へと潜り込む。

すると、お預けとなっていたドロテアが立ち上がり、はらりとローブのフードを払った。

豊かな髪が流れ落ち、そして、彼女は直樹をじっと見つめると――

「ドロテア……？　んっ……!?」

正面から、舌を入れての熱いキス。

「うっ……うぅ……」

「んっ……ドロテアさん……負けじと勇者様に……」

身体ごと押しつける激しい接吻を見上げるトゥーラの目が丸くなる。

（やばい……う……ぐっ……これは……このキスは！）

ドロテアの舌先が口内をなぞると、その部分がぞくぞくする。口の中をねぶり回され、たっぷりと唾液を交換させられる。

「プハッ……」

離れ際も、別れを惜しむかのように直樹を見つめ、唇を舌で探りながら……引いていくその唇を思わず追いかけてしまいそうになる。

もの凄い情熱的なキスだった。これは間違いなく、主人に捧げる誓いの口づけだ。

「んんっ……!? な、なに……？ 急に硬く……」

口の中でいきなり変化したチンポの感触に、トゥーラが驚く。

咥え切れなくなるほどに直樹の肉棒は太く、硬く、そして天を衝いていた。

「凄い反り返ってる……」

リディも目を見張る。

淫魔の体液を摂取すると性感が増幅し、異常に興奮するようになる。その効果だ。

（ふたりには淫魔である正体は隠さないとだが……）

だが、その心配は要らなそうだ。ポニーテールを揺らした最年少騎士は負けられないと小さな口で剛直を根元まで頬張り、喉奥へと運ぶ。

「う……おっ、おっ……！」

そして、今度はトゥーラがアヌスを舐める。連係プレイは伊達ではなさそうだ。

リディの奥へ、奥へ、というリズムに合わせて大胆に尖らせた舌のドリルで穿《うが》ってくる。

ドロテアは直樹の後ろから抱き着いて、首筋、耳の裏に、キスの雨を降り注ぐ。

くちゅ、ちゅぽ、じゅぶっ……ちゅっ、ちゅっ、くぽおっ！ れろれろ、じゅるっ！

「おっ……おぉ……この状態で、この刺激は……ううっ……!!」

どぱあっ！

直樹の肉棒が大きく震え、咥えていたリディの口の中から飛び出すほど大きく跳ねた。

そのまま飛び散った熱精の飛沫が顔面を直撃した。

「んあっ♡」

可愛い叫び声を上げて、それでも彼女はしっかりと受け止める。

「はぁ……はぁー……凄ぇ……気持ち良かった……」

「いっぱい出ましたね、勇者様……♡　少しは私たちと一緒に来たくなりました？」

顔に浴びた白濁を指ですくって舐め取りながら上目遣いに尋ねられては直樹も悪い気はしない。ちょっと、そんな未来も想像してしまう。

（うう……可愛さでいったら、確かに騎士団も負けてないしな……）

パーティ入れ替えはどうかと思うが、何人かを融通してもらうとかなら……。

却下されるに決まっているが、そんな虫の良い案も浮かぶほど魅惑的なプレイだった。

すると、その機を逃さず、すぐさま今度はトゥーラがお掃除フェラに入った。

すぼめた唇をふにふにと動かしつつ、じゅるじゅるゴクンとザーメンを啜《すす》り込む。

「う……うぅ……」

これも気持ち良いし、いやらしい。なにより、かしずかれる感じが最高だ。

ふたりとも言うだけはある。お城でエッチしたときは処女だったのに……感度を高める淫魔の能力も影響しているだろうが、間違いなく彼女たちも腕を上げてきている。

しかも、それは直樹を喜ばせるためだけに習得した技巧なのだ。

そう思うといじらしくて、可愛さが倍増だ。

「よし、ご褒美に挿入はふたりからしてやるぞ！」

そう言われて顔を輝かせる二騎士を直樹はベッドに誘った。

横並びではなく、リディを仰向けに、トゥーラには四つん這いで身体を重ねさせる。

垂直に連なる可愛らしいふたつの秘裂。その間に、チンコを滑り込ませる。

「あはぁっ……♡」

「ひゃううっ♡」

蜜汁でぬるぬるとなったクリトリスが擦れて、ふたり同時の嬌声《きょうせい》が上がった。

そこから、まずはトゥーラの小悪魔マ○コに挿入だ。

ずぼおっ……ずぼずぼっ！　ずぷずぷずぷっ！

（い、いい……！）

まだまだ使い込まれていない窮屈な膣道は、締めようとせずともキツキツで、挿入感がハンパない。男としては、自分の形を憶えさせたくなる最高の肉質。

しかも、熱く潤んだ肉襞は突くほどにくちゅぐちゅと音を立てていやらしい。

「あぁ……すげー気持ちいい……と、止まんねえ！」

パンパンと打ちつける音が、たちまち激しく大きくなる。

「うっ♡　ああっ♡　勇者様……必死に腰振っちゃって……♡　あっ、あっ♡」

満足げにしながらも、トゥーラもまた尻を振り立てる。

「どうですか？　久しぶりの私たちの身体は♡　私たちと一緒に来れば……もっと気持ち良いことしてあげますよ♡　こっちは八人、勇者様の大好きなエッチを毎日いっぱい♡　アニーにエリザにタチアナに人妻のテレーズさん……そして、リオノーラ隊長とマリィ様……みーんな、勇者様の好きにできるんですよ……♡　あぁっ♡　あぁっ♡」

「うぅっ……！」

どぷんっ……ぶぴゅう、びゅるるるるっ！

粒ぞろいの騎士団メンバーたちからの奉仕プレイを想起させられてはたまらない。直樹は堪えられずに膣内《なか》出しした。いきなりの注入を受けてトゥーラが仰け反る。

「ああっ……あ、あ……ああんっ♡♡♡」

引き抜いたばかりの、ほかほかチンポを今度はそのままリディの膣内へ送り込む。

彼女のマ○コは上付きで、お城で初めてしたときは戸惑ったものだが、あれから何度もヤッたし、今ではもう挿入もスムースだ。久しぶりでも最初からしっくりといった。

抽送が深まるにつれて、最年少騎士の童顔が切なく歪んでいく。

「んっ♡　は……あっ……ゆ、勇者様……射精したのに、まだガチガチ……♡　あーっ♡　あんっ♡　あああっ♡　気持ち……良い……♡♡♡」

喘ぐ顔が一番可愛いのは彼女だ。もし、毎日こんな風に喘いでもらえたら……。

「ふふ……私たちとの旅を想像して興奮しちゃいました？」

トゥーラが図星をついてくる。が、認めてしまうのはいかがなものか。

直樹は彼女の身体を抱き起こすと、背後からおっぱいをまるまる鷲掴みにした。

そして、リディもろともに攻め落とす。

じゅぷ、じゅぷ、じゅぷっ！　むにっ、むに、むにゅ、むにむにぃっ！

「んあっ……♡　胸ぇ……感じるぅ……♡」

「ああっ、また硬くなったぁ♡　勇者様っ……あっ、あっ♡　凄いぃっ♡♡♡」

（騎士団といつもの仲間たち……どっちを選んでも天国……！　凄ぇ二択だ！）

こんな究極の選択、人生でそう何度もあるものじゃない。いいや、あるかどうかすら、怪しいものだ。なんて贅沢なんだろう！

（やっぱり、どうにかして全員で旅できないものか……？）

彼女たちに毎晩かしずかれ、奉仕される冒険の旅。夢のようじゃないか。

と、そんな直樹の心の動きを感じ取ったのか、突然。ドロテアが横から顔を寄せて来た。

ぐっと直樹の肩を抱き寄せ、唇を重ねてくる。

「う……くっ」

淫魔のとろける絶技で舌を吸われ、小ぶりだが張りのあるトゥーラの乳房を揉みしだき、そして、リディの感度の良い上付きマ○コ！

快感の三重奏だ。最高だ。射精をせずにはいられない！

どぷっ、どぷどぷっびゅるるるるるるるるるるびゅ～～～～～～～～！

「い……くっ……あっ♡　あ～～～～～～～～～～っ♡」

子宮に熱濁を放たれたリディが、びくびくと全身を痙攣させてアクメの絶叫を上げた。

女騎士ふたりの上下に並んだ蜜壺から仲良く流れ落ちる白濁。フェラから一度も萎えることなく連続での三発。あっと言う間だ。

「ふぅ、さすがに疲れた……悪いな、ちょっとだけ休憩を……って!?」

もちろん、聞き入れられるはずもなく、ドロテアが直樹を正面から抱き締めキスをする。

（う……ああっ、これって意外と……）

色んなプレイを重ねてきたが、こうして向き合って恋人みたいに抱き締められたのって、そんなになかったかも！

これはこれで凄く良い。独特のラブい情緒があって頭がぼうっとする。

とはいえ、さすがに勃起までは——

と、肛門に異物感……。口づけをしたまま、ドロテアが指をしなやかに這い込ませて！

「おい……!?　なにして……んぐっ……!?　んんんっ……!?」

ず、にゅうっ……！

直腸経由での前立腺への刺激！　未知のコリコリした感触。電流のような弾ける刺激の快感が背筋を駆け昇る。自分の身体に、そんな風に感じる部分があったとは!?

休息中だったペニスは、たちまちのうちに屹立《きつりつ》させられてしまっていた。

「……♡」

直樹の反応に、ドロテアが妖艶な微笑みを浮かべる。まさしく淫魔の顔つき。

くちゅっ……くちゅっ！

勃起させても責め手は緩めず、舌と指で直樹の上下を掻き回す。

「おっ……おぉ……」

「すごーい、一瞬でガチガチにしちゃった……♡」

「ドロテアさん上手～♡」

トゥーラとリディが、その光景に目を丸くして口々に賞賛する。

彼女たちと入れ替わりに直樹をベッドに寝かせると、ドロテアはローブを脱ぎ捨てて、その豊満な肉体と下腹の淫紋を誇るように見せつけた。

大きく脚を広げて、硬さを取り戻した肉棒に跨がると、ぐいぐいと身を沈めてくる。

ゆっくりと、しかし、力強く。

「おっ……おぉ……」

「ドロテアさん、無口だけどエッチは積極的……」

「真剣に勝負してるんだね。私たちも頑張らないと……！」

「そうだね、リディ！」

圧巻の振る舞いに、若き騎士たちが送るのは尊敬の眼差し。

だが、直樹にはわかっていた。

（いや……たぶん違う……ドロテアのこの顔は……）

ぼうっと上気させた頬、熱く直樹を見つめる潤んだ瞳、愉悦の微笑み。言葉はなくても伝わってくる。ドロテアは——

単にエッッチを楽しんでいるだけだ！

(そもそも、勝負の主旨を理解してるかすら怪しいぞ……うっ……うぅ……)

が、こうなるともう彼女のペースだ。いや、最初からそうだったのかもしれない。

身を伏せて直樹に抱き着き、密着状態のまま激しく腰を振り立てる。

「わぁ、凄い腰使い……」

「ドロテアさん、キスが好きなんですね～」

好きというか、それが淫魔の習性なのだ。まずは体液を流し込み、相手を興奮させる。

実際、その能力のせいで頭が朦朧《もうろう》とする。ドロテアの柔らかい身体、そして体重すらも心地良く感じられ、身動きがとれない。抵抗できない。

これはある意味、捕食——淫魔にとっての摂餌行動なのだ！

「うっ……お……」

腰を前後にスライドさせてチンコを圧迫し、抜けそうで抜けない絶妙なストローク。

性の魔族。享楽の悪魔。その全霊全情熱を、肉体すべてで味わわせてくる。

ドロテアはドロテアで以前とは比べ物にならないほどの成長ぶりだ。

(短期間で、こんなにテクを上げてくるなんて……これが淫魔の才能なのか……)

初対面——リハネラでの襲撃はたった数日前のことなのに。

あのときも確かに凄かったが、段違いに上手い。直樹に処女を奪われたことで、更なる才能が開花したのか？　それとも、主人に対する愛情のなせる業なのか⁉

「あ……あ……」

貪られるまま、いつしか直樹はドロテアの背に両腕を回して強く抱き締めていた。そうせずにはいられない。愛し返さねばならぬという気持ちに駆り立てられる。

「凄いね〜、リディ、私たちも後で真似しようよ」

うらやましそうに言うトゥーラの声が遠くから聞こえる。

もう、ここがどこなのか、なにをされているのかすら、直樹にはわからなくなっていた。

淫靡なぬめりと温もりに包まれて、至福の忘我。女体の中に沈み、溶融《と》け合っていく。ドロテアとひとつになっていく、その悦び。

ぬぷっ、ぬぷっ、どちゅっ、どちゅっ、ぎちぎち、ぎゅっ、ぬぷっ！

自在にくねる腰、うねるマ〇コ。直樹の肉先を子宮頚部にゴリゴリと貪欲に擦り当てて、あろうことか、その内部にまで挿入させんばかりに深く、限界を超えて深く！

これはもう、ドロテアの圧勝だろう。トゥーラもリディも認めざるを得ないようだ。

ふたりの連係プレイも捨てがたいが、淫魔の身体はセックスに特化しすぎていた。

「あ、あぁ……も……ダメ……イッ……ちまぅ……」

直樹の限界を察知すると、膣肉がぶるると震えて射精を促す。

こんな真似、淫魔以外に誰ができようか。

「お……お♡」

びゅるるるるっ……どぷんっ！　びゅるびゅるびゅるびゅるびゅるびゅるるるるるるぅ！

「～～～～～～～～～～～～～♡♡♡♡♡♡」

熱濁の発射とともに、ドロテアもまた絶頂した。揺れる乳房を直樹の顔に押しつけて、オーガスムスの痙攣を余すことなく伝えてくる。

ごぽおっ……

その淫裂から溢れる白濁は、海に流れ込む大河の如くとなった。

「私たちのときより、濃いの出てる……」

「う～、悔しい……」

一時は完全に気圧されて、白旗状態となっていたトゥーラとリディだったが、ようやく勝負であることを思い出し、挽回しようと直樹に身体を押しつける。

「次は、私たちですよ！　勇者様……」

「負けませんからね……」

ドロテアを手本にとばかりに、ふたりのキスが右から左から。

淫魔の接吻とはまた違う、たどたどしい舌使い。

それも良い！　良いの、だが……！

「う……う……ちょっ、ちょっと、待っ……」

射精のあとの余韻が強すぎて頭が朦朧とする。

イッた直後に感じやすくなっている女を更に責めるのは好きだが、まさか自分でそれを体験することになろうとは！

(犯される……俺、これって犯されてるんじゃ⁉)

覆いかぶさってくる女騎士たちの身体の下で、そんなことが頭をよぎる。まさかの事態。だが、それも途中からどうでもよくなった。

女たちに弄ばれ、貪られる快感に、直樹は何度も何度もイカされ、吐精した。

そして、夕刻——

(そろそろメシの時間か……でも、腹は減っているけど起き上がれない……)

性臭の立ち込める船室のベッドの上で、裸の直樹は完全にグロッキーとなっていた。

トゥーラの誘惑の言葉に、マリィたちと一緒に全員で旅を続けるのも悪くない、などと思ったりもしたが、甘かった。

レスデアの王宮でも、アルメラの娼館船でも、朝な夜なの大乱交を繰り広げたものだが、この争奪戦は次元が違う。火のついた女たちのライバル心を舐めていた。

それがこんなにも猛烈なものになるとは……。

ドロテアとトゥーラたちが引き上げたのは、つい、今しがた。お昼抜きでヤリ続けた。

夕食後には第三戦だが、果たしてこんな状態でヤれるのか？

「な、なんとか、ミラたちが来る前に回復しないと……」

それは義務感ではなく、この激しいエッチを、もっともっと味わいたいという、純粋な欲望からだったが、それでも体力の消耗はいかんともしがたい。

ティアーネを呼んで魔法でなんとかしてもらおうか？

が、それ以前に、身を起こすことすら億劫《おっくう》な気だるさに、部屋を出ることすら困難だ。

と、そこにノックの音がして――

「大丈夫ですか……？」

顔を出したのはミラだった。その隣には、今夜の勝負の相手のエリザもいる。

もうそんな時間!?　と、一瞬ビビッたが、ミラが手にした盆を目にしてホッとする。

「夕食を作ってきたので少し休んでください。まだまだ先は長いですし……」

「おぉ、悪いな……さすが、ミラ……腹ペコだったんだ！」

「左様ですか、良かったです。エリザと一緒にご用意いたしました」

手柄を自分のものにしないところも、実直な彼女らしい。

ミラは直樹の傍らに腰を下ろすと、膝に置いた盆の上から、まずはスープを匙にひと口、ふぅふぅ吹いてから口元まで運んでくれる。

そして、船窓を開けて空気の入れ替えをしながらエリザが言う。

「私の魔法は傷を治すぐらいで、ティアーネさんのように体力回復まではできませんから、せめてお食事だけでもと思って」

彼女は騎士団の中では回復役《ヒーラー》を担当しているとのことだ。

それにしても、実に！　実に気が利くふたりだ。家庭的で細やかな気遣いが温かい。

「昼間は随分と激しくされていたようですが……」

直樹にあーんをさせつつ、ミラが尋ねる。

「あぁ……ふたりがドロテアに感化されて……なかなか休ませてくれなかったよ……」

「あはは……お疲れ様です……」

そう言って苦笑するエリザの旅装は、他の騎士たちよりも地味目の長袖ハイネック。髪型もアニーより少し裾の長いショートカットで、やはり地味。

ミニスカートこそ大胆だが、肌の露出部はロングブーツとの間の禁欲的な絶対領域だけという大人しさだった。そういうところも、似た者同士のふたりなのかもしれない。

それで思い出す。

「……そういえば、ふたりは友達同士だったよな？」

「は、はい……」

「フィリアたちといい……マリィもわかってて、この組み合わせなんだろうな……」

「いつものことですし……もう慣れました」

と、ミラ。直樹の従者となる前は城内で侍従を務めていたので、やはりマリィのことはよくわかっている。そもそも、王都で接待漬けにされていたときに、つきっきりで世話をしてくれていたのは彼女だ。そして、エリザも恥ずかしそうに頷く。

「私も恥ずかしい所、散々ミラに見られてるので……」

そう、城での騎士団とのエッチで、エリザはミラの見守る前で何度も直樹にイカされた。

「勝負っていうのは少し複雑ですけど……」

そう言って、はにかんだ表情でミラと顔を見合わせる。

（おっ……！）

その空気感に、第一戦ではかなわなかった、あの欲望が直樹の胸の中で復活した。

「なるほど……じゃあふたりには、ちょっと違うプレイを試してみるか」

「え？」

「こっちの体力も温存したいからな」

と、いうのは口実で、頭にあるのはマリィから渡された例のプレゼントだった。

フィリアたちとの行為のあと、中身は確認済み。

やはり、王女様はとんでもないものを用意していた。

それは――

禍々しく黒光りする張り型。リードのついた首輪。手枷、足枷の拘束具。紛《まが》うことなきSMグッズだったのである！

「実はマリィが気を利かせて色々用意してくれてたんだ。せっかくだし、今日はこれをつけて……うっ⁉」

グッズと直樹を代わる代わる見比べて、どん引きするふたりの視線が冷たい！

（ちょ……ちょっと攻め過ぎたか⁉）

だが、ここは勢いで押し切ろう。ハメてしまえば、この醒めた視線も変わるはず！

そう思うと俄然《がぜん》、性欲が湧いてきた。先ほどまでのヘロヘロぶりが嘘のように吹き飛ぶ。

「と、とりあえず、試してみようぜ！　案外ハマるかもしれないぞ！」

「は、はぁ……」

「し、仕方ないですね……勇者様がそうおっしゃるなら……」

（ん？）

エリザの口ぶりと、グッズに吸いつく視線を直樹のスケベアイは見逃さなかった。

もしかして彼女……？

「それじゃあエリザからだ。いいか？　こう言うんだ……」

セリフを教えてから、跪《ひざまず》かせ、首輪を渡す。

「あ、あの……本当に言うんですか？」

「ああ、それもプレイだからな……」

それでも口ごもるエリザだったが、じっと待たれてはどうしようもない。

「エ、エリザは……」

ようやく、セリフを口にする。だがそれも、羞恥で途切れ途切れだ。

「ゆ、勇者様の性奴隷となることを……ち、誓います。ご主人様の言いつけに従って……悦んでいただくのが……性奴隷であるエリザの……つ、務めです」

言いながら、どんどん顔が赤く染まっていく、それに、お尻も、もじもじさせている。

（やはり、かなりのＭっ気があるぞ！　これは楽しくなってきた！）

「どうぞ……あ、ああ……♡　エリザのスケベな身体を存分に、お、お使いください……」

命じられた通りを口にして、直樹の差し出した首輪をおし頂き、自らパチリと嵌《は》める。

もうそれだけで、ゾクゾクしてしまっているのが傍目《はため》にも明らかだった。

「おっ？　なんだ、ヤケに板についてるじゃないか？　前にもしたことあるのか？」

すかさずの言葉責めに、純朴な女騎士は慌てて首を振る。

「ちっ、違います！　それは……本で読んだことがあるから……！」

「そういえば恋愛小説が好きなんだよな。そうか、エロいのも読むんだな？」

「たっ、たまたまです……」

焦って墓穴を掘った彼女が、ますます顔を赤くする。

（可愛い～！）

「いいぜ、その小説の中のヒロインになった気分で盛り上がってもらおうか」

煽りつつも、実は、盛り上がっているのは直樹も同じだ。

そして、ミラには自らの手で首輪を嵌める。

「勇者様……」

ケモ耳娘の首輪姿はマジにヤバイ。似合っているどころか、そのために誂《あつら》えたかのよう。

おまけに従者のメイド衣装はハマりすぎていて、リードを握る手が思わず震える。

最高の夜になりそうだ。

「さあ……そうだな、まずは口で奉仕してもらおうか、手は使うんじゃないぞ……咥えるのも駄目だ。舌だけでご主人様を満足させてみろ」

調子も出て来た。本格的にご主人様口調となる。

すると、その雰囲気に当てられてか、可愛い牝奴隷たちも、しおらしく舌を突き出して、直樹の肉竿を舐め始める。ちろちろ、ぴちゃぴちゃと、小さな舌肉がペニスをくすぐり、こそばゆくも気持ち良い。

「へへ、なんだかんだ必死にしゃぶりついて、ふたりともノリノリじゃないか。こういう風にされるのが好きなのか？」

「んんっ……」

「んっ……」

そんな質問、答えられない。が、命令を無視することもできない。

結果、ふたりが出した答えは、目を閉じ、いっそう懸命にチンポに仕えることだった。

その羞恥の反応には興奮させられるが、質問スルーはいただけない。罰を与えなければ。

「よし……そのままオナニーしてみろ」

さらに過酷な命令を下されて、ふたりはピクッと動きを止めた。

だが、直樹は容赦をしない。リードを引いて先を促す。

「オナりながら、上手にフェラできたら褒美をやるぞ」

ふたりの手がおずおずと自らの下半身に伸びる。スカートをまくって、ショーツの中へ。

（おお……やっぱり、ふたりとも可愛らしい下着をつけてるな……）

エリザのは淡いピンクの生地。ウェスト側に質素ながらも黒いレースの縁飾り。

ミラは純白に小さなリボンのついた清楚なデザイン。

その中に潜る可憐な手。蠢く指がぐちゃぐちゃと音を立てて、いやらしく上下する。

「おぉ……」

その光景に歓喜した直樹は、ご褒美に肉棒を咥えることをを許してやることにした。

まずはミラから。すると、彼女は待ちかねていたようにチンポを呑み込んだ。

根元とタマを任されたエリザも、ちゅばちゅばと音を立てておしゃぶりする。

「おっ、おぉ……これは……いい……」

性奴隷ふたりにかしずかれてのダブルフェラ。そうさせながらも、自分を慰めることは休ませない。ふたりとも、ますます熱を込めてショーツの中身をなぞり出す。

これは、命じられたからではない、感じているのだ。奴隷になりきり出しているのだ。

ミラなど尻尾をふるんふるんと左右に振りまくっている。

「上手だぞ、ふたりとも……今日はじっくり調教してやるからな」

大満足だ。その献身を讃えるように頭を撫でてやる。すると、獣耳従者と女騎士は尻をぴくんと震わせた。悦んでいるのだ。すっかり出来上がっている。

「さぁ、服を脱いでベッドに上がるんだ……」

直樹はふたりを横並べにして仰向けに寝かせ、「動くんじゃないぞ……」と、一枚一枚、服を脱がしていった。

恥ずかしい箇所を隠すことは許さず、ショーツだけにした裸体をじっくり眺め降ろす。

ふくよかな胸、濡れ透ける恥裂をじっくりと観察されて、ミラもエリザも恥ずかしさに身体を震わせる。が、恥ずかしいだけではないはず。視姦されることへの倒錯的《とうさくてき》な快感が、その身を蝕《むしば》んでいるのは、朱色がかった彼女たちの肌を見れば明らかだった。

そんなふたりに手枷を嵌め、ダメ押しに目隠しまでさせる。

両の手首をチェーンで繋ぎ、動きの自由を制限。視界まで奪われて、ふたりの性奴隷はいよいよ被虐の興奮を高めてしまったようだ。はぁはぁと息を喘がせる。

目隠しは、なかなか凝った作りになっていた。

帯革を後頭部の留め具でパチリと留めると、もう絶対、自分では外せない。

(本当にマリィは……こういうとこ、こだわって作り込むよなぁ)

直樹もまたこだわり派なので、そこだけは気が合うというか。感心せざるを得ない。

「へへ、さて、これで、どんなにみっともないことになっても相手からは見られないから安心だろ？　ご主人様からの心配りだぞ、感謝の言葉は？」

「お、お気遣い……あ、ありがとうございます……ご主人様」

「で、でも……なにをされるかも見えなくて……ドキドキしま……ひぁうっ♡」

直樹は返事の代わりに、ショーツに浮き出たエリザの縦筋に指を走らせた。

そして、ミラの股間の柔らかな部分にも指を埋める。

ぐちゅぐちゅぐちゅ……ちゅぽ、ちゅぱ、ちゅぱあっ！

指で突き、舌を這わせ、拘束美女ふたりの秘密の場所を存分に堪能する。

「ゆ……勇者様……そっ、そこぉ……」

「あ……だ……駄目ぇ……」

「んー美味しい。ふたりとも汁がどんどん出てくるぞ……気持ちよさそうな顔しやがって」

開いた脚をもどかしげにジタバタさせる様子は、いっそショーツを剥ぎ取って欲しい、もっと直接、恥ずかしい部分を責めて欲しいと訴えているかのようだ。

だが、そう簡単に思い通りにしては調教にならないだろう。

「でも、我慢するんだぞ、今のふたりは俺の性奴隷なんだからな。ご主人様が気持ち良くなる前に勝手にイクなよ。そら、もっと強くするぞ」

「あああぁぁあっ♡　くうっ……♡」

「んあああぁ♡　はぁあっ♡」

ショーツの上から探り当てた秘豆の位置に、見えない状態からのバイブレーション！

直樹の指技の不意打ちにふたりが恥悦の悲鳴を上げる。

（た、たまんねえっ……！）

息も絶え絶えとなったところで、ようやっとショーツを片足抜いてやる。露わとなったふたりの花園は、恥液でグショグショに濡れ光っていた。

触れもせず、ただ眺めているだけなのに、鮮やかなサーモンピンクの割れ目は、奥から奥から肉花の蜜を溢れさせ、ヒクヒクと、いやらしく女の口を喘がせる。

直樹はふたり揃ってマンぐり返しの体勢にし、はしたない二穴に深々と指を挿し込んだ。

「ひっ♡　ひうっ……はあっ……あっあっ♡　あああっ♡」

「イッ……イッちゃいます……♡」

天井に向けた膣からは、ぷしゅう、ぷぴゅうと、噴水の如く愛液が吹き上がる。

拘束のせいで性感の衝動を外に逃がせない女体が、びくんびくんと、全身を痙攣させてベッドの上でのたうち、その度に仲良く並んだ四つの乳房が揺れる。

すぐ隣から聞こえる友人の乱れた鳴き声も、より劣情を刺激するのだろう。ふたりとも完全に被虐の虜となって、膣肉を広げたり歪めたりするだけで更に激しく洪水する。

宙を揺れる脚と脚。それが絡まり、奴隷となった悦びを互いに確かめ合う。

そして、ミラが大きく喘いだ。

「ふあぁぁ……っ♡」

ぶるぶる、びくんっ……！

為す術《すべ》もなく絶頂させられてしまったのだ。

「おっと……言いつけも守らずイキやがって……」

お約束ではあるが、それが大事。

「もっと躾《しつ》けをしないとな……エリザもだぞ、粗相は連帯責任だ！」

マリィの箱の中から、新たな拘束帯を取り出して、ふたりを背中合わせに座らせると、腕、胴、膝の三ヶ所を結束する。

「チンポが欲しくてたまらないだろ……？　でも、ご主人様の言いつけが守れないような悪い子には、挿入《い》れてやるわけにはいかないなぁ」

そして、焦らしの乳首弄りを開始する。

拘束で反り返った胸元の、ピンと張った瑞々しいおっぱいを、たっぷりと時間をかけて、あやしてとろけさせ、そして、表裏一体となった股間を両手で同時に責めまくる。

ぐちゃぐちゃぐちゃぐちゃぁ！　じゅぽっ、じゅぽぽぽっ、ぢゅぷ、ぬぷ、ぐぽおっ！

「あっ♡　あああああっ～♡　あはあっ～～～～っっ♡」

「んはああああっ♡　あ～～～～～あっ、あっ……♡」

絶叫が上がった。アクメしてもおかしくないほどの快楽。しかし、ふたりは身をよじり、歯を食いしばって必死に耐える。

「ご褒美が欲しいか⁉　耐えろよ！」

「あはあああっ♡　は、はいっ♡　欲しいですっ……ご主人様のおちんちん……あ、あっ、がっ、我慢しますっ…ご褒美……ご褒美ぃっ♡」

「んああっ♡　申し訳ありませんでした！　あっ、あああ……ミラは……ご、ご主人様の言いつけが守れませんでしたあっ♡　あっはあ、あああああっ！　ああっ、ああっ♡」

責任を感じている分、ミラの方が頑張ってみせる。がくがくと両脚を震わせながらも、その先へと行かないよう持ちこたえる。

直樹がそれをわかった上でミラの方を強く責めているにもかかわらずだ。

「んぅ～♡　ふうっ……んふふううっ……ふっ、ふぅ～～～～んんっ、んんんんっ♡」

その頬を涙が伝う。だが、とてつもない快感を彼女は耐えきった。

「おお……よく堪えたな……えらいぞ、ミラ」

直樹が抱き寄せ、長い黒髪を優しく撫でてやると、ミラは甘えるように身を寄せてきた。

「あ……ご、ご主人様……♡」

「エリザも頑張ったな。よし、じゃあ、ふたりともご褒美だ」

拘束を解く。だが、もちろん、まだまだ調教プレイは継続中だ。

目隠しはつけたまま、仲良く四つん這いに這わせて、それぞれの尻をぴしゃりと叩く。

「あっ♡」

「んっ♡」

もう身も心も直樹の性奴となりきってしまったふたりは、それでも嬉しそうに身を委ね、期待と興奮の喘ぎを漏らした。

「これから順番に挿入してやる。けど、俺より先にイクんじゃないぞ……今みたいにするんだ。我慢して、ちゃんとご主人様のことを気持ちよくさせろよ」

すると、ふたりともが、服従の証とばかりに尻を高々と掲げてくるではないか。

ミラもエリザも、Mの素質が開花していた。

「さぁて、どっちからにするかな……」

「ゆ……ご主人様、どうか……私にぃ……♡」

「い、いえ、どうか私に……お願いします！　ご主人様……♡」

口々におねだりされて、気分良い！

「そうだなぁ……」

ミラもエリザも安産型で見応えのあるお尻だ。丸見えの陰部からは蜜汁が滴っており、正直、直樹もその裂口にブチ込みたくて仕方ないのだが、奴隷たちも頑張ったのだ、もうひと踏ん張りしなくてはと、最後の焦らしを入れる。

肉棒を近づけて、その熱気だけで秘所を炙り、今か今かとたっぷり期待をさせてから、おもむろに手を掛けたのは、尻尾の生えた双臀だった。

「それじゃあ、ミラ、お手本を見せてやれ！」

「はっ、はい……♡」

歓喜で大きく尾を振って、ミラが顔を上げる。

「よっと……」

「あぁっ♡」

ずぷぷぷっ……！　ぎちっ……ぐちゅ、ぐちゅちゅぅ……！

ゆっくりとした挿入の感覚を一瞬たりとも逃すまいと、ミラは膣を締めて迎え入れる。

「おぉ……あったけぇ……」

膣内は、散々苛《いじ》められたせいでホカホカに仕上がっていた。そればかりか、内部に満ち溢れる愛液までもが熱湯と化している。

その温度は、突けば突くほど、ますます上昇していった。

「あっ♡　あぁっ♡　あ〜……♡　あぅっ♡」

「いつもより感度が上がってるな？　やっぱこういうプレイが好きなんだろ。ご主人様がイケるようしっかり締めつけろよ」

「はっ、はいっ…♡　あっ♡　あぁっ♡　ああっ♡♡」

ピストンしながらエリザへの指マンも忘れない。

リードも引っ張って屈従感も味わわせ、抽送と共にその身に叩き込む。

肉棒はミラの恥裂に根元まで刺さり込み、チンポが子宮にブチ当たる度に広がっていく彼女の膝と膝との距離は、四つん這いの姿を今や、無様《ぶざま》にひれ伏す姿勢へと変えていた。

直樹に貫かれる悦びを全身で表して、ミラのマ〇コがペニスを貪る。

ぎゅるるるるるっ、ぎゅっ……ぎゅぷっ……

子宮口が亀頭を咥え込み、強く強く震え、躍った。

「あっ♡　ああっ……ああああああぁあっ♡」

肩が跳ね、その背が大きく反り返る。約束を忘れて絶頂してしまったのだ。

（うっ……イッた瞬間の締まりが、もの凄かったぞ……！）

膣内が波打って、チンポを握ってくるような圧だった。こんなのは初めてだ。

今までで一番気持ち良かったかも……

だが、そんなことはおくびにも出さずに、直樹は無情にペニスを引き抜いた。

そして、そっけなく言い放つ。

「よし……それじゃエリザに交替な」

「そ、そんな⁉」

「先にイクなって言っただろ」

「あ……」

ベッタベタのＳＭプレイだが……だって、やってみたかったんだもん。

しょげるミラには反省を促す指マンを突き込み、今度はエリザに熱棒をくれてやる。

エリザはエリザで、なんというか、隣のお姉さんって感じがある。元いた世界の日常でセックス三昧をしているかのような趣きがあるのが良い。

「年下の男に、いいようにされて感じてるのか？」

「は……♡　は……い……♡」

「へへ……たまんねぇな……これから機会があれば、もっと躾けてやるからな」

可愛い反応にご満悦で、ミラにも聞こえるようパンパンと激しい音を立てて打ちつける。

「どれ……とろけた顔を見せてみろよ」

目隠しをズラしてやったのは、感じまくるエリザの表情を見たいのもあったが、ミラの被虐を煽る為でもあった。

後背位のまま振り向かせ、苦しい姿勢でキスをさせる。

その唾液をすする音、唇を吸う音を、目隠ししたままのミラの耳に届ける。

更に直樹は、ミラの淫裂にはディルドを与えて放置した。ケモ耳従者は悔しそうに唇を噛み、見えぬまま顔だけをこちらに向ける。聴覚・嗅覚に優れた獣人には直樹とエリザの睦《むつ》み合いが、音だけ、匂いだけで、より生々しく想像できてしまう。

「ふっ、んっ、んっ……んんっ……ふーっ♡」

直樹の舌を受け入れ、流し込まれる唾液をごくごくと飲むエリザの身体から立ち昇る牝のフェロモン。それがミラの胸を拘束具以上に締めつける。

直樹とエリザの舌がまさぐり合い、それに合わせて膣内での結合も強まっていく。

「あ……♡　んんぅ……　んっ……んあっ♡」

「おっおぉ……すっげ……」

膣道が痙攣を始め、ぎゅるぎゅるという蠕動《ぜんどう》が始まった。

「あっ♡　あぁ？」

「ちゃんとイクの我慢して偉いぞ、エリザ！」

褒める言葉は、もちろんミラに聞かせるのが目的だ。絶望する彼女の頭の上で、犬耳がピクッと反応するのを直樹は見逃さない。

「褒美に、子宮いっぱい精液流してやるからな！」

「おっ……♡　お願いしますぅ♡　あぁぁっ♡」

「うっ……‼　イッ……イクッ……」

ビュビュっ……びゅくるるっ、びゅるるるるるる、びゅううううっ……ごぷっ！

「あーっ！　あー♡　は……ああっ、あああああっ、いっ、いくっ……私もイキますっ！

ああ、ああっ♡　嬉しい……ご主人様とイけるっ！　ああ、ああああああっ♡♡♡♡」

濁精を中に出された瞬間、全身を震わせて性奴の悦楽に堕ちるエリザ。

「あぁ♡　とっても……熱いです……ご主人様ぁ♡」

「お……おぉ……」

甘え声で、もじもじと尻をくねらせ、直樹が肉棒を引き抜く最後の一瞬まで、しっかり主人を愉しませようと、その膣肉は締まったままだ。

「ふぁぁ……♡　んあっ♡」

だが、さすがに限界だったのだろう。

チンポが別れを告げると、ついにエリザはぐったりとベッドに崩れ落ちた。

(ふう……調教完了だな！　ここまでになるとは……)

「あー気持ちいい……よし次はミラの番だ」

「ひぁっ♡」

目隠しされたまま捨てられた仔犬のような顔になっている彼女にすぐに触れる。

「さぁ今度こそ頑張れよ。しっかりご主人様をイカせるんだ。何度もヤってるんだから、俺の好みもわかってるだろ？」

意地悪しすぎて可哀想だったので、ちゃんとこれまでの絆を強調した言葉をかけてやる。

「あっ♡　あぁっ♡　は、はいぃ……♡」

名誉挽回のチャンスと、再度の挿入に喜悦して、ミラが腰を振り始めた。

ずぷっ……ずぷずぷ、ぐちぐちぃっ……

「はっ……はい……♡　一生懸命ご主人様のこと……気持ち良くいたします……♡」

今度ばかりはと健気に快感を堪え、締めつけを強くする。

「よし、いい子だ！」

「どう……ですか……ご主人様？」

「あぁ……いい具合だ……」

そう言って目隠しを外し、直樹は後背位のまま彼女を抱き起こした。

そして、背中をエリザに支えさせ、背面座位でミラを貫く。

「あ……ああっ……♡」

下から真っ直ぐに肉棒が収まるこの体位は、亀頭が胎の裏の絶妙な位置に当たる。

奉仕の礼に、直樹は力を込めて垂直ピストンを始めた。

「よし、それじゃ……このまま射精してやるから、最後までキツキツに締めつけろよ」

「んあっ♡　はっ……♡　はいぃ……♡」

命じれば、ミラはいじらしく、言われた通りにきゅっと膣肉を締めてくる。

エリザからは背中に乳房を押しあてられ、首筋をぺろぺろと舐められて、ここは天国か。

（あ～、たまんね……こりゃもう、この勝負も引き分けか？　勝ち負けなんて、つけられないぞ。どっちも俺の可愛い牝奴隷だ！）

直樹は直樹で、ご主人様になりきりすぎだ。これが、情が移るというやつか。

と、ミラが突然、こちらを振り向いた。

「……勇者様、お願いです」

「ん？」

おねだりか……まあ、頑張ったから、聞いてやらんでもない。

言ってみろ、と、尊大に顎を引く。

すると、彼女はするりと身体を回し、直樹の背に両腕を巻きつけてきた。

「う……!?」

ひしとしがみつくその力の意外な強さに驚いていると、唇が塞がれる。

熱い、熱い口づけをするミラの眼差しは真剣だった。

「どうか、射精されるなら、もし、今日が最後になるのなら、悔いを残したくありません
……顔を見つめながら……どうか、私と一緒にイッてください……」

「お、お前……！」

ここまで終始、自分のペースだったが、ここに来てやられた！

そんな殊勝なことを言われたんじゃあ……！

直樹は思わず力いっぱいミラを抱き返した。

そして、ぐっと腰を引き寄せ、結合を最深部にまで届かせる。

ぐぷっ、ぐぷっ、ぐぷっ、ぐぷっ！　ずぷ、ずぷ、ずぷ、ずぷっ、ずぷぷっ！

ミラは大きな乳房がひしゃげるほど強く押しつけ、律動に合わせて腰を打ち返してくる。

本当に心から、これが最後になるかもしれないと恐れているのだ。

(さっき、ちょっとやりすぎたか……⁉)

だが、そこが実直な彼女の美点だ。

直樹はその魅力に引きこまれるように、夢中でミラを貫き、残る全ての力で突き上げた。

「ミラ……も、もう……」

荒い呼吸がひとつになる。

ミラは直樹の首を掻き抱き、直樹も彼女のお尻に両手の指を食い込ませる。

「んあっ♡　あっあっあ〜♡　ふああっ、あっ♡　ああっ♡　ご主人様っ……ご主人様っ……勇者さまあっ……いくっ……ああっ♡　嬉しい……気持ち良いです……♡　いくっ！　あ、あっ……あっ♡　一緒に……勇者様と一緒に……いくっ……♡　いくうぅっ♡♡♡」

その瞬間、願い通りに直樹をまっすぐに見つめ、可憐な口づけと共にミラは果てた。

「んっ、んんっ……」

射精後の朦朧とした意識の中で、直樹は勝負に決着がついたことを悟った。

(これはミラの勝ち……でも、負けたのはエリザじゃなくって……俺だ)

その頃——

会食の時間を迎えた船内の食堂は活気に溢れかえっていた。

あちこちから賑やかな笑い声が上がり、初日のよそよそしい雰囲気など、どこにもない。

「ふふふ……ご覧になって、リュゼさん。戦いの後に互いを称え合うこの姿……戦乙女、かくあるべしですわ」

マリィが得意げに指し示すのは、騎士たちと討伐隊が同じテーブルで食事をとる様子。

「……エッチの感想を言い合ってるだけでしょ」

最終組同士ということで、直樹のいないテーブルに、今日はマリィと同席のリュゼが、アホらしいという顔で言い返す。

が、マリィは意に介さない。それどころか上機嫌だ。

「明日はいよいよ最終日ですわ！　どのような結果になっても、恨みっこなしですわよ！」

「フン！　吠え面かかせてやるわよ！」

「リュゼ！　いい加減、口の利き方に気をつけろ！　だいたいお前は……！」

相変わらずの口の悪さに、リオノーラが目を吊り上げるが、リュゼもまた気にせず胸を反らして応じる構え。

「なによ！　やろうっての⁉」

その前には空になった酒杯がいくつも転がっていた。

（あー、他の席行きたい……）

と、ゲンナリしているのは、同卓させられているライラであった。

（まったく、ドロテアまで人間なんかと仲良くして……）

仲良くというか、トゥーラとリディに無理やり引っ張られて、一緒に食事をとっている。無口なドロテアが会話をするはずもないが、騎士たちが一方的に熱心に話しかけているようだ。いったい、なにがあったのやら。

（それにしても……）

と、ライラは窓の外に目を向けた。

月明かりに照らされた暗い大海原。目に入る景色はそれだけだ。

そう、他にはなにもない。

でも……

（なーんか、変な感じがするのよねぇ……）

人間とは違う何か別の気配。

その意味するところは、つまり——

自分とドロテア以外にも同族が付近にいるということ。

だが、こんな海の上で？

（まさかね……）

杞憂にすぎないと首を振る。

だが、彼女の胸騒ぎは静まるどころか、いっそう大きくなっていくのだった。

第四章　秘密の襲撃

王女マリィの恩寵号の勤務は三交代制である。と、いっても、それは一般乗組員の話で、艦長ともなると朝から晩まで雑事に追われる。

セリューが艦長室に戻ったのは会食のあと、勇者の警備状況を自ら確認し、船内各所を見回って部下たちに声を掛け、現場で起きている問題に細やかな指示を出し、それからのことだった。

自室で剣帯を外して、ほっと息を吐いたのも束の間、寛ぐことなく、今度は執務机へと向かう。航海記録をつけなければならないのだ。

夜間は副官に操舵監督を任せてあるので、これでようやく一日の仕事が完了する。

時間をかけて丁寧に記録をまとめ終え、大きく伸びをすると、セリューは立ち上がり、月明かりに誘われるように窓辺に歩み寄り夜空に目を向けた。

「懐かしいな……」

思い出の品を胸に確かめる。十年前、リオノーラと共に見上げたあの満天の星。

あの日も、こんな風に頭上には無数の宝石が散らばり美しく輝いていたふたり。

あれから、彼女に連れられてレスデアを訪れ、ソフィー女王と謁見した。

リオノーラは騎士団に推薦してくれたのだが、ほどなくして拝命したのは海軍への配属。

漁村出身とはいえ、一介の冒険者にすぎなかった自分をどうして？　と、疑問を口にしたところ、微笑と共に返って来た女王の答えは、

——いずれ、時が来ればわかります。

という謎めいたものであった。以来、任務に励むうち、いつしか指揮官にまでなったのだから、まあ、適材適所だったということは言えるだろう。

人をまとめるのが得意で決断力もあるセリューにとって、艦長はうってつけの職だった。

「ふふ、リオノーラの下で騎士をやるのも悪くはなかったろうが……」

かつてアルダムで孤独に冒険者をしていた頃とは違い、仲間たちに囲まれている彼女の姿は見ていて微笑ましい。

「しかし、もし騎士になっていたら、今頃は立会人ではなく……勇者殿を奪い合う立場になっていたのか。それは……うーん。いや、それも良かったかもしれないな♡」

昨日の情事を身体がまだ憶えている。記憶を少し反芻しただけで秘所が疼く。

(航海を終える前に、できればもう一度……いや、なにを考えているんだ、私は……！　任務に集中しなくては！　まったく、勇者とは聞きしに勝るものだ)

リオノーラほど頑なではないが享楽的というほどでもない彼女にとって、快楽を求める自分の発見は、愉快な驚きでもあった。

そして、ベッドに向かおうとして——眉をひそめる。

「なんだ、これは？」

寝台側の壁にかけられた肖像画。

いつの間に？　飾り気のない艦長室に、部下の誰かが気を利かせたのだろうか？

いいや、そんなはずはない。

そもそも、こんな大きな絵が掛けてあれば、艦長室に戻って来たときに気がつくはず。

そう、この絵は確かに、さっきまではなかったのだ。

その事実の意味するところに気づいて背筋が凍りつく。

「異常だ……！　なにかがおかしい……それに、この肖像は……どこか見覚えが……」

身分の高そうな、ドレスの美少女。美しいが、どこか冷たいその眼差し。

いつ？　どこで？　心がざわつく。

間違いない！　かつて戦慄と共に、自分はこの絵を目にしたことがある！

「気のせいじゃないかしら？　少なくとも……私は貴女に見覚えないわ」

「！」

不意に背後から声を掛けられ、振り向くとそこにはドレスの美少女が立っていた。

その姿は、今まさに目にしていた肖像画の中の少女そのもの。

まるで絵の中から抜け出て来たかのような、描かれているのと寸分たがわぬ——

驚いて、思わずもう一度、肖像画を振り返り、愕然とする。

絵の中から、少女の姿が消え失せているではないか！

「ば、馬鹿な！　本当に、絵の中から……!?」

そして、恐怖と共に甦る六年前の出来事！

「まさか、お前は……あの城にいた……‼」

禁域の古城。その地下で遭遇したあの魔物！　あのとき、リオノーラを襲った――

（くっ、マズい！　武器が……）

軍刀は剣帯と共に執務机の傍らだ。手の届く距離ではない。

だが、どうにかして――そう思ったが、遅かった。

動揺した一瞬を見逃さず、少女が首筋に牙を突き立てる。首筋にちくりとした痛み。

「くっ……こ、これは……⁉」

身体から急速に力が抜けていく。噛みつかれた箇所から何かが吸い取られている！

「血……か……？　うあ、あ……」

なんとかしなければならない。なんとか……。少女の襟元に縋る。

だが、意識はもの凄い勢いで薄れていく。抗《あらが》うことはもはや不可能だった。

昏睡状態となって、セリューはどさりと床に崩れ落ちた。

「お城のことを知っているなんて……本当に私と会ったことがあるみたいね。とすると、あのときの……。せっかく逃げ延びたのに結局こうなるなんて。どんな気持ちかしらね」

少女は口を拭い、倒れたセリューの顔を確かめる。が、すぐに思い直して肩をすくめた。

人間の顔など、いちいち憶えてなどいない……憶える必要もない。

と――

「艦長！　今の物音は⁉　なにか異状がありましたか⁉」

壁の伝声管から乗組員の声。

見れば、吸音口の蓋が開いている。これは、足下に倒れるこの女艦長の仕業……。

少女は眉をぴくりと動かした。だが、動じることなく、

「あの僅《わず》かな間で咄嗟に機転を利かせたというわけ？　どうやら、みくびっていたようね」

賞賛の言葉を贈る余裕すら見せると、喉を軽く鳴らし、伝声管に向かう。

「なんでもない。そのまま航海を続けたまえ」

いかなる術か？　それはセリューのものと、まったく同じ声だった。

人を落ち着かせる穏やかな口調までそっくりだ。

伝声管の向こうは、少しも疑う気配もなく「了解」と言葉を返す。

「これで……よし」

吸音口を閉じ、少女は再び元の声に戻ると、セリューを抱え上げてベッドに横たえた。

「一番の邪魔はなくなったわ。警備が厳重で迂闊に勇者に近づけなかったけれど、もう、この船を私が支配するのは時間の問題ね……他愛もない」


一方、その頃、勇者の居室では——

「あー、気持ち良かった……」

艦長室の事件など露知らず、ベッドで直樹が満面の笑みを浮かべていた。

何度も絶頂に導かれ、ぐったりと横たわるミラとエリザ。

直樹を挟んでしがみついているふたりの肌はじっとりと汗ばみ、その股からは精液が、溢れるままに太腿を伝っていた。

目を閉じて悦楽の余韻に浸る彼女たちの吐息は荒く、呼吸によって上下する胸の動きが、押しつけられた乳房越しに感じ取れる。

「さすがにこれだけやったら、今日はもう満足……二人も限界みたいだしな。へへっ……女に囲まれてグッスリ眠る……これもエッチのあとの醍醐味だな」

最高の一夜だった。調教プレイをやり切ったという充実感もあった。

ひしと絡みつくふたりの温もりに眠気を誘われ、ウトウトする。

「ふあぁ……それにしても疲れた……今日も良い夢、見れ、そう……だ……」

重い瞼が閉じようとするのに逆らうことなく、直樹は泥のような眠りに落ちていった。

あれほどの嬌声と、身体をぶつけ合う激しい音に満たされていたのが嘘のように、部屋は静まり返り……やがて、聞こえるのは安らかな寝息だけとなる。

しかし——

その静寂に溶け込み、忍び込む影がひとつ。

「……はっ⁉」

直樹を覚醒させたのは、その気配だった。

だが、すぐに室内の眩しさに目を細める。窓からは陽が差し込んでいた。

「もう……朝か？」

さっき寝ついたばかりかと思ったが……いや、あまりにも満足しすぎたせいで、眠っていたことすら感じられないほど爆睡したのか？

「エリザとミラは……？」

横で寝ていたふたりの姿はない。部屋の中には直樹ひとりだけ――

……ではなかった。

そう、目覚めたきっかけ……その気配の主が、そこにはいた。

「ドロテア!?」

枕元には無口な淫魔が、ニコニコと上機嫌で立っているではないか。

いつからかはわからないが、直樹が寝ているのをずっと見守っていたようだ。

しかも、どういうわけか、セーラー服の姿で。

「なんだ、その格好!?」

驚いて尋ねると、彼女は物問いたげにスカートの裾をつまんで持ち上げた。

似合っているかを尋ねる恋人の仕草。

「……お前、その服がなんなのか知ってるのか？」

一応、ちゃんと着こなしてはいるが、学生というには見た目の年齢が合わない気がする。

どちらかというとAV女優がコスプレしているノリだ。

でも、まあそういうのも悪くない。アンバランスが、かえってエロさを醸し出している。

「そうだな。まぁ、個人的には好み……」

と、そこでようやく、直樹は気がついた。

「って……さてはまた夢の世界に入って来たな⁉」

そうだ、これは夢の中だ！

まだ眠っている直樹の夢に淫魔の能力で侵入してきたのだ。

「だから、見た目も好きに変えられるのか‼」

答える代わりにドロテアがにじり寄る。

「な、なんだ？　まさか、エッチするつもりか？　明日も早いし、もう寝たいんだが……それにお前とは昼間、沢山ヤッたし……」

だが、熱っぽい瞳で見つめられてはたまらない。しかも、セーラー服！

「し……しょうがねぇな……少しだけだぞ」

「♡♡♡」

ドロテアが破顔する。

「おっと、でもまだ咥えちゃダメだからな。お前はいつもエッチのことしか頭にないから……ここいらで、しっかり躾けておかないとな。俺がいいと言うまで我慢しろよ」

ミラとエリザで味を占めた直樹は、ドロテアにもご主人様をやってやろうと思いつく。

というか、主従の契約を結んでいるので事実上、本当に直樹は主人なわけだが。

直樹の命令に、ドロテアは嬉しそうに頷くと、舌を伸ばし、ちろちろと亀頭をくすぐり始めた……って、言うこと聞く気なしかよ！

「お、おい！　だから我慢しろって……やめっ……うっ……この……」

それでも、ドロテア的には命令を聞いているつもりなのか、舐め方は控えめ。

だが、それがかえってセーラー服の初々しい姿にマッチしていて興奮を誘う。

こうなっては、しかたない。

「くっ、も……もういいぞ……ううっ……!!」

直樹が言うが早いか、ぱくりとチンポを呑み込み、じゅぷじゅぷと吸引を始める。

「相変わらず人の話を聞かない奴……これを躾けるのは骨が折れるぞ……」

「それにしても、お前がセーラー服を知ってるとはな。よく見たら俺の学校の制服だし」

あっ!?　もしかして、夢の中なら記憶から再現することができるってことか？

直樹は気づいた。そして、閃くアイデア。

「だとしたら……これは使えるぞ！　ドロテア、ちょっといいか？　部屋を……」

「……？」

説明するより、頭の中にイメージを思い浮かべたほうが早い。なんせ、ここは夢の中だ。

ドロテアが一瞬で直樹の考えを理解する。すると、周囲の様子が一変した。

勉強机に本棚、そしてオナティッシュをすぐに捨てられるようゴミ箱がすぐ脇に置いてあるベッド。

「思った通りだ……俺の部屋も再現できたな！」

直樹はにんまりした。青少年の憧れ、お部屋エッチだ！

「こうして女を連れ込むのが夢だったんだ……」

ベッドにドロテアを押し倒してスカートをめくり上げる。

すると、目に飛び込んで来たのは、いきなり女性器！

（ノーパンで部屋まで……！）

ナイス！　エッチがしたくて、下着をつけずにやって来たって感じか！

魅惑のシチュエーションにボルテージが一気に上がる。

「いいぞ、ドロテア！」

いてもたってもいられなくなり、前戯もなしに四つん這いにしてバックから挿入する。

ずぷずぷずぷっ！　ずぷずぷずぷぅっ！

濡れきった熱い牝肉の奥深くまで、チンポの先が到達する。そして、ピストン！

ぱん、ぱん、ぱんっ、ぱあんっ！　ぱあんっ！

激しい往還に、ねっとりと絡みついて来る淫魔の恥肉《ちにく》。その中は燃えるように熱い。

「それにしても、今回はちゃんとリアルな感触だな……？」

リハネラで襲撃されたときはオナホを使っての偽の感触だったが——これは？

「もしかして、現実世界でも挿入してるわけか？　おおっ、生マ○コなら、俄然やる気が出て来たぞ!!　よぉし、思い切り膣内《なか》に出してやる……!!」

急角度の前傾姿勢をとって、初弾を発射！

どぷんっ……どくどく、びゅるっ！　びゅるるるるっ！

「んあっ♡　あッ♡……ぁ♡♡　あ〜〜〜〜ッ♡」

ドロテアはインパクトの瞬間に自らも尻を差し出し、存分に精液の注入を堪能する。

「うっ、おぉぉ……すげぇいっぱい出た……」

直樹は繋がったまま彼女の傍らに身を寄せて、今度は測位へと移行した。

振り向かせ、互いに甘く舌先をちゅるちゅる吸い合う恋人のキス。

片脚を持ち上げて、はしたない格好にさせてから、ぐっと子宮口に亀頭を押しつけ発射。

どくどくと精子を流し込む。部屋に連れ込んだガールフレンドに出し放題……最高だ！

昼同士の長い長い睦み合いの間、ザーメンはずっと出続けた。

信じられない量だ。夢の中だからか？

いや、現実でも出している……そんな実感がある。最高に気持ち良い。

「なぁ、他にも色んな格好できるんだろ？　このままじゃ興奮して勃起が収まらないんだ
……俺を誘惑した責任、取ってもらうからな」

そう言って、直樹は再び頭にリクエストを思い浮かべた――

が、すぐにドロテアを止める。

「待て！　変身を直接するんじゃなくて……こうして……こうだ！」

さらに詳細にイメージする。すると、紙袋に入った状態で望みの衣装が出現した。

怪訝《けげん》な顔をするドロテアに、直樹は説明する。

「連れ込みセックスだからな。彼女に頼んで着替えを持って来てもらったという設定だ」

エロいシチュエーションなら、あらゆる想定を常にシミュレートしてきた。

ディティールにも妥協はない。まさしく、備えあれば憂いなし。勇者に死角はない。

そして背を向け、ドロテアに着替えさせる。敢《あ》えて見ないのは、これもこだわりだ。

リュゼなら絶対に馬鹿にして呆れ返るところだが、文句ひとつ言わずに指示に従うのは
ドロテアの良いところだ。しかも、本人も楽しそうなのがまた良い。

「おっ、おぉ……はち切れそうなブルマ姿……」

着替えを終えたドロテアの、むっちむちの体操着姿。

それは、前にフィリアにしてもらったのとは、また違う趣き……やっぱりAV系だ。

もう現役ではないお姉さんが、頼まれて学生時代のを着てくれた感！

「たまんねぇ……」

今度は騎乗させ、自分で動いてもらう。直樹がはしゃいでいるのが、ドロテアも嬉しい
ようでノリノリだ。自分からブルマをずらして挿入し、エロい腰使いで攻め立てる。

我慢することなく旧ブルマの奥の奥へ、どぷどぷと白濁を放出し、すぐさまコスプレの
おかわり。次なる衣装はスクール水着だ。

水着に着替えさせられて恥ずかしがる姿を頭の中で強くイメージする。それが伝わって、
ドロテアも恥じらいながら着替えの入った紙袋を手にする。

水着の向こうでたぷんたぷんと揺れる乳房の眺めを楽しみながら、正常位となって突き

まくれば、本当に恋人とエッチしている気分だ。いくらでも出せる！

「おっ、おぉ……またイクッ……‼」

「あッ♡　あッ♡」

どくどくっ、びゅるるっ！　びゅるるるるうっ！

「何度出してもおさまらねぇ……」

お次はメイド風のウェイトレス姿。バイト先の制服という設定だ。

今度はもう、着替える姿を見せてもらう。最初は恥ずかしがっていた彼女も次第に慣れてきて……というコンセプトだ。

ドロテアも、そこを汲んで、少し挑発的に水着を脱ぎ始めた。直樹との息はピッタリだ。

全裸となり、それから白のソックス、カチューチャ、可愛らしいミニスカート……

「おおおっ……も、もう我慢できない！」

襟元のリボンをつけた所で、直樹は飛び掛かった。

ブラウスだけは未着用という、エロすぎる姿にむしゃぶりつく。

おっぱいをぐにゅぐにゅ握り締め、滾《たぎ》る興奮を衝動のままにぶつける。

「あっ♡　ああっ♡　はあっ♡」

学生系のコスプレと違って、ウェイトレスの制服はドロテアの見た目にも似合っていた。

女子大生のお姉さんを犯しているような気分。

たちどころに破裂寸前となったチンポを無我夢中で突き立てる。

ぢゅぷ、ぢゅぷっ、ぐちゅぐちゅっ、ぎゅぷっ……どちゅ、どちゅ、どちゅっ！

これまでに流し込んだザーメンと愛液が混濁した、どろどろの泡がふたりを接着する。

びゅぐ、どびゅぐっ、ぶぴゅぶるっ……びぶびぶ、びゅぷるるるるうっ！

「～～～～～～～～♡♡♡♡」

ふたりで一緒に絶頂し、幸せ気分でいっぱいだ。

お互いに汗だくだった。肩で息をして、それでもなお、ドロテアは目でせがむ。

淫魔の体液が回った直樹も、他のことはもうなにも考えられない。

ヤリたい！　ただひたすら、女体を貪りたい！

もう、こだわりとか、そんなことにかまう心のゆとりもなくなっていた。

それは彼女も同じ想いのようだった。

「さ、最後は……これだ！」

直樹がイメージすると、即座に変化。

フェティッシュの最高峰コスチューム、バニーガール姿となる。

黒いボディースーツに、光沢のあるストッキング。キュートでセクシーなウサギの耳と、女の尻を飾るのにこれ以上のものはない丸くてフワフワの尻尾。

剥き出しの肩から流れる美しい腕のラインの終端に、そこだけ白い袖口《カフス》。

同様に、首元にもそこだけ襟《カラー》がついて、うなじからの艶めかしい曲線を引き立てる。

プレイボーイ誌の創始者、ヒュー・ヘフナーが考案した、まさに天才的発想による衣装。

これほど男の夢を体現した姿はないと、直樹は常から感心し、憧れていた。

それが今、こうして目の前に！

彼氏からプレゼントされて「やだあ、エッチ！」とかなんとか……きゃっきゃうふふと、じゃれ合いながら……という設定とか、もうどうでもいい！

勢いに任せて愛らしいウサギを立ちバックに捕らえ、弓なりとなって肉棒を突き上げる。

ぱちゅっ、どちゅっ、どちゅどちゅっ、ずちゅうっ！

「う……ぉおっ……おっ、おっ！　ド、ドロテア！」

「はあっ♡　ああっ♡　んああっ♡」

びゅぱ、びゅぱぱあああっ！　どぷぅっ！　どくん、どくん、どくん、どくんっ！

膣内を一直線に精液が駆け昇る。本日、最大の射精量だ。

ずぶりと引き抜いてもなお噴出する濁精を、跪かせたドロテアの顔面に浴びせかける。

「あー気持ち良い……夢の世界とはいえ、快感は現実……いや、それ以上か……初めからこの方法で来られてたら、俺も勝ち目はなかったかもな……」

それにしても、とゴミ箱を見下ろせば、その中は精液を拭き取ったティッシュで一杯になっていた。本当にお部屋エッチだ。大満足。

お掃除フェラは淫魔の姿に戻ってもらう。これも自室が背景だとコスチュームプレイだ。

エッチ大好きなガールフレンドと過ごした甘いひと時。夢が叶った。

「最初は無口だから、なに考えてるかわからなかったけれど……お前が純粋にエッチ好きなのだけはわかったよ……似た者同士、案外うまくやれるかもな、はは……」

優しく撫でてやるとドロテアが微笑み返す。どうやら、意気投合ということらしい。

と、そこへ――

「コラッ!!」

いきなり、拳骨が振り下ろされた。

「いないと思ったらこんなとこに！　寝るの邪魔したらダメって言ったでしょ!!」

「ライラ!?」

ドロテアの他に、夢の中に入って来れるのは彼女しかいない。

妹の頭にごちんとやった姉淫魔が説教する。

「アンタは昼間、散々ヤッたでしょうが！」

「お、おい……」

「このあと、あたしの番も控えてるんだからね!!」

ライラは仲裁など耳にも入らないぐらいカンカンだった。

その矛先は直樹にも向かう。

「ご主人様は今からでもしっかり寝て!!　あと面倒だからリュゼには絶対に、このことは言わないでよ!!　じゃあね!!」

ぷりぷりとしながら、ドロテアを引っ張って部屋から出ていく。

すると、夢の幻の風景が消えていき――

「はっ……‼」

今度こそ、本当の目覚めだった。窓の外からはチュンチュンという海スズメの鳴き声。朝だ。ミラとエリザは両隣で、ぐっすりと眠っていた。よく休めたらしい。

しかし、直樹はといえば……

「ぜ、全然、身体が休まってない……」

四戦目がすぐなのに……これってちょっと、ヤバいのでは？


と、いうわけで――

「ねぇ～、元気出してくださいよ。勇者様ぁ……」

「そりゃ、俺もそうしたいですけど……」

「私たち、ずっと楽しみにしてたんですからねぇ」

第四戦の相手であるテレーズ・タチアナ組がやって来ても直樹の股間はしょげかえったままだった。あれから少しだけ仮眠はとったのだが、それぐらいではどうにもならない。力無くベッドに腰かける直樹の枯れ枝を、前から横から、テレーズとタチアナが弄ってみるのだが、ピクリともしない。

幸いというか、テレーズは人妻、そしてタチアナも元婚約者がいたため、男の生理への理解がある。ガッカリはしていても、むしろ気遣ってくれて優しい感じだ。

これが、男は直樹しか知らない、トゥーラ・リディ組だったら幻滅させてしまっていたかもしれない……と、考えると不幸中の幸いか。

（大人のふたりが相手の日で良かった……）

人生経験がある女の人って、こういう所が良さなのかなあとも思う。

「体力は魔法で回復できますけど、限界が……」

呪文を詠唱するティアーネが顔を曇らせる。効き目が薄いのだ。

思えば、リハネラに到着してからは四六時中ヤリっ放しだった。

（野営の時にするだけだった移動中と違って、宿屋で気兼ねなくハメを外せたからなぁ）

そこからの、この争奪戦。それに加えて昨夜のドロテア乱入である。

そりゃあ、さすがに打ち止めにもなるだろう。

「勇者様……そんなに夜遅くまでしてたんですか？」

「うっ……！」

ティアーネに尋ねられて直樹はギクリと顔を強ばらせた。

この状況で、ドロテアと夢の中でもヤッてましたなんて言えない！

「え、ええーと、まぁ……ふたりとも熱心に奉仕してくれるものだから、つい……な」

「ミラが勇者様に無理をさせるなんて、よほどだったんですね」

「エリザも次の組のことを考えてくれたっていいのに……もう！」

ティアーネが意外そうな顔をし、タチアナは腹を立てる。

（ミラ、エリザ……すまない！）

直樹は、濡れ衣を着せてしまって申し訳ないと、心の中でふたりに手を合わせた。

すると、テレーズが顔を輝かせて手をパチンと合わせた。

「イイこと思いついたわ♡　ちょっと場所を変えましょうよ♡」

「え？」

「こういうときのためにって、姫様がね……取り計らってくれていたんだったわ♡」

「嫌な予感……」

「大丈夫だって♡　ぜーったい元気になるから♡　皆でい～ぱい気持ち良くなりましょ♡

さぁさぁ、みんなもついて来て！」

警戒心を露わにする直樹の手を、テレーズは笑顔で引っ張った。


そして、連れて来られたのは――

「ふ、風呂？　しかも、こんなに立派な……！」

船の上層、マリィの居室のある区画にあつらえられた王族専用の浴室。

脱衣所で裸になり、奥に通されてみれば、そこはなんとも立派なスパだった。

王宮の大浴場ほどの広さはないが、それでも、三、四人で楽に並んで寝転がれる床面積。

板張りながらも、ちゃんとした浴槽もついている。そのうえ……

「お湯まで！」

湯舟からは、もうもうと湯気が立ち、その蒸気が部屋中に満ちていて温かい。これは、確かに活力が湧いて来る。

「王族が乗る船ですからね♡　魔法でちゃんとこういう設備も整えてあるんですよ」

そう説明するテレーズはすでに、直樹の前に膝をつき、肉棒を乳房に挟んでパイズリを始めていた。タチアナも背後からおっぱいを押しつけ、優しく湯を掛け流してくれる。

ツルツル、すべすべ、ふにゃふにゃと、滑る乳房の感触が心地良い。お風呂でのおっぱいというのは、また格別なものなのだと改めて思い知らされる。

もちろん、ティアーネも負けてはいない。横から抱き着いて口づけし、舌を吸う。

「はぁ……ううっ……」

熱気のせいもあるが、心地良い女の柔肌に包み込まれて頭がぼんやりとしてきた。

乳房を寄せてむにゅむにゅと蠢かしながら、テレーズが尋ねる。

「どう？　気持ち良い？　リフレッシュできそう？」

直樹の肉棒は、人妻騎士の行き届いた挟み込みにより、その胸の谷間ですくすく育ち、腕白坊主となっていた。

「うぅ……!!　気持ちいいです……!!」

「ふふ♡　ねぇ～、なんで私にだけ、みんなと態度が違うのかしら？」

直樹の返事を訊き咎めた風に、テレーズが意地悪な口調でからかう。

確かに、彼女が相手だといつも自然と敬語になるし、かしこまってしまう。

「あっ……いや……テレーズさん、歳、離れてるし……人妻で子持ちだから、つい……」

「なぁに？　私のこと、オバサンって言いたいのぉ？」

「ち、ちが……」

慌てる直樹のイチモツを弄りつつ、ますます巧みに乳肉を寄せ上げる。

「ねぇ、勇者様……私たちも年上なんですけどぉ？」

便乗してタチアナまでもが、背後から耳の裏に息を吹きかけてきた。

「うあぁっ……」

「あらあら、いつもに比べて余裕がないわね♡」

もう完全に騎士団年長組の手の平の上だ。いいように弄ばれている。

しかも、テレーズのパイズリの上手いこと！

谷間の部分だけでなく、尖った乳首を内に向け、ときにその硬さでも刺激を与えてくる。

ぬちゅぬちゅ、むにゅっ……むにむに、こりっ……たぷんっ、むにゅ、ぬちゅっ！

「やっ……やば……!!　イッ……イク……!!」

「だーめ♡　せっかく元気になったのに♡」

射精の気配を察知するのも鮮やかだ。イキそうになると即座に手を止め、キープする。

「本番はこれからでしょう？　もう少し我慢なさい♡」

「うぅ……」

まあ、おっしゃる通りだ。

あの体《てい》たらくだったのだから。お預けにされても文句は言えない。

すると、テレーズが取り置いてあった小瓶を手にし、中の液体を、とろりと胸の谷間へ垂らした。そして、再びパイズリしながらペニスに塗りつける。

「……それは?」

「姫様から頂いた特製オイル♡」

「うっ……な、なんか……塗られた部分がポカポカと……」

この感覚は、まるで……そうだ! ライラとドロテア、淫魔姉妹の体液のような……!

「オーガの血、ダイオウカエルの油、マンドラゴラの根……色々混ぜて作られたみたいよ」

やっぱりじゃん! 聞くからにタダごとではない感じの素材ばかりなのだが!?

「大丈夫なんすか、それ……?」

「そうねえ、勇者様の居場所が判明してから、セリュー艦長に鳩を飛ばして用意させた物らしいわ。ほら、リハネラって、世界中の珍品や名産が集まるから」

「いや、そうじゃなくて……」

「それにね、なんと媚薬効果もあるの♡」

それは、彼女の目つきを見れば明らかだった。その効果は、テレーズにも及んでいる。

そして、小瓶はタチアナ、ティアーネにも回される。

裸身にオイルを垂らすと、ふたりの目もぼうっと妖しく潤みを帯び始める。

ぬるぬるのオイルに塗《まみ》れた、おっぱい同士の協力プレイが始まった。

「おっ……おぉ……」

ティアーネの巨乳は言うまでもなく、テレーズの熟れた大人乳、そして、清楚な顔立ちに似合わぬ爆乳の持ち主、タチアナの柔らかな肉果実が直樹の身体中でぷるぷる遊ぶ。

「あっ、そこはもっと、優しく持ち上げるように……あと、こう挟むとおっぱいの感触がおちんちん全体に伝わって男の人は感じるのよ」

ちょくちょくテレーズの指導が入るが、それは相手がタチアナでも、ティアーネでも、分け隔てがない。

（ううっ……特にティアーネはヤバイぞ！　こないだ、ライラたちと一緒にヤッて以来、テクニックに興味を持ち出してるみたいだから……）

それだけではない、壁際の隙間からはゼリー状のマットがにゅるりと引き出された。

「スライムゼリーで作った特製マットよ。使うのは初めてだけど……こういうプレイにはうってつけね♡」

直樹をそこに寝かせて、美女三人は周囲にはべる。

ピッタリとおっぱいを密着させて寄り添ってくれるティアーネ。

その逆サイドには半身を起こしたテレーズが、やはり両の乳房を擦りつける。

タチアナは股間担当で、夢心地の直樹のペニスを胸の谷間で揉みあやす。

ぬるるっ……にちゅ、ぬぷ、にゅくっ……ぬるるるるぅっ……

「あっ、あぁ……全身ヌルヌルして気持ち……いい……」

「肌の滑りが気持ちいいでしょ？　うっかりイッちゃったらダメよぉ♡」

「なんだか、勝負どころじゃなさそうですね♡」

贅沢すぎるマットプレイに喘ぐ直樹の姿を見て、タチアナが嬉しそうに言う。

「まだ出しちゃダメですよ？　勇者様……♡」

ティアーネの声色にも、なんだかちょっと攻めっ気がある。

自分たちに翻弄されている直樹の様子に、そういう気持ちを刺激されたらしい。

実際、そうやっていいように弄ばれるというのも悪くなかった。

つるつる、ぬるぬる、すべすべと、おっぱいだけでなく、しなやかな指先が、身体中を滑って、そこかしこを優しく撫でていく。肌の温もり、あえかな吐息、のしかかってくる女体の重み、擦りつけられるマ〇コの感触……至福の触れ合いが、しかも三人分だ！

(ああっ……最高～っ！　なにも考えられない……めちゃくちゃ幸せ……！)

なんだかもう、自分が女の子になったような気分だ。このままメスイキしたいぐらいだ。

だが……

「すぐに終わるのも味気ないですし……しばらく射精は我慢してもらいましょうか？」

「そうねぇ♡　私たちが管理してあげなきゃ♡」

タチアナの提案に、テレーズが同意する。

「えぇ!?」

「もっとリフレッシュしてからじゃないと……一回で終わりじゃゃ、勝負にならないものね」

「ううっ……」

確かに。これはあくまでも勇者争奪戦……直樹には義務がある。

それに、手を抜かないとセリューとも約束した。

「勇者様……ここは私たちに任せてください……♡」

「悪いようにはしないわよ……♡」

ティアーネとテレーズが、直樹の顔を乳房に挟んで承諾を迫る。

「うっ、うっ……わ、わかったよ……」

むせかえるほどの乳の香りに包まれて、直樹は射精管理を受け入れることになった。

「さぁて……準備できたようね♡」

お待ちかねの一番手はタチアナとなった。

透き通る白い肌をピンクに染めたブロンドの正統派美人は、そそり立つチンポを恥裂にあてがうと、騎乗の姿勢でゆっくりと腰を落としていった。

「んっ……勇者様のおちんちん……ずっと欲しかっ……あっ♡　あっ♡　あっ♡　あっ♡」

ずっ、ちゅ……ぬるぬるっ……ぎゅ……ずるちゅ、ぬちゅ……ぬちゅるるっ……

じっくりと時間をかけて焦らしながらの挿入に、直樹は思わず声を上げた。

「はぁっ、うっ……あ……う……あっ……!!」

見守るテレーズとティアーネは、呻く直樹の姿に興奮を隠せない。

「ふふ♡　必死に耐える顔がたまらないわね♡　これから順番に相手するから、私たちの許可なくイッちゃダメよ？」

「頑張ってください、勇者様……♡」

「誰の身体が一番良いか……しっかり比べてくださいね♡」

そう言って、タチアナが激しくピストンを開始する。

ずちゅっ、ぱちゅっ、ばちゅっ！　ばちゅっ！　ばちゅっ！　ばちゅううっ！

彼女自身もたまらない顔で火照った身体を震わせて快感に酔い痴れる。

「ほら、どうです？　私の身体……♡　だいぶ相性良くなってると思いません？」

とろける肉襞、溢れる熱蜜、言われずとも、タチアナのマ○コの中は最高の味わいだ。

それればかりか、倒れ込んで密着し、挿入したままの裸体を直樹の上で滑らせる。

「ちょっ……!?　それヤバ……!!」

ぐりん、ぐりん、ぐりんっ！　むにっ、むににっ、むにむに、ぬちゃあっ！

摩擦ゼロの状態での激しい動き！　特におっぱいの滑り方がえぐい。ぷるんぷるんと、

左右に大きく揺れまくる。その感触も未体験だ。

（すっ……げぇ……おっぱいって……こ、こんな風に滑るんだ！）

乱れ揺れる乳肉は見ているだけでもエロいし、その軽やかな滑り心地といったら！

「はぁっ♡　あぁっ♡」

直樹の発するのは、もう完全に女の喘ぎ声だった。

「ふふ♡　イキそうになっても、止まったりしませんよ♡　久しぶりの勇者様の身体……

すっごく気持ちよくて……♡」

タチアナは本当に加減するつもりはないようだ。直樹は歯を食いしばるしかない。

（こっ、こんなの、マジで無理だぞ……っ！　ああっ、うあっ……気持ち良すぎる！）

滑る肌の感触だけではない。にゅるりにゅるりと、オイルの潤滑を利用した艶めかしい腰使い。その上、悦びを表現するかのように思い切り締めつけてくる。

「お……お……」

「快感に耐えるのも大変ねぇ♡」

「勇者様……必死な顔も素敵です♡　頑張ってくたざい♡」

そんなことを口にしつつも、テレーズとティアーネは自分たちの胸を直樹の顔面に押しつけてくる。今や直樹は完全に女体に埋まっていた。太腿、お尻、おっぱい、マ○コ。そこにあるのは女だけ。ただただ、女体に満たされた空間に閉じ込められる。

「あっ……あ♡　いっちゃ……ぅ♡　あっ♡　私イキますっ……勇者様♡　勇者様は我慢してくださいねっ♡　おちんちん……勇者様のおちんちんで、んあっ♡　私……私……♡

あはああぁッ！　あっあ♡　いくっ……いっ、ああっ！　いくうううううううっ！」

ぎゅうっ……ぎゅるる、ぎゅぷううぅぅうっ！

もの凄い痙攣とともに、タチアナが絶頂した。

「んんんっ!!　おっ……おぉ……キッ……!!」

膣肉を激しく収縮させる金髪騎士の締め上げに、やっとの思いで直樹は耐えた。

一方、その頃——

快晴の空の下、後甲板ではフィリアとアニーが潮風に髪をなびかせ故郷での思い出話に花を咲かせていた。

「それにしても、フィリアは見違えるように強くなったよね」

「アニーとの修業のおかげよ！　手足の長さで負けるから、見切りと間合いの詰め方……それで勝負するしかないって気づけたの」

「修業していても、どんどん身軽な格好になっていったものね。今じゃとうとう……」

と、半裸同然の姿に目を向けると、フィリアはふくれっ面をした。

「見た目の身軽さだけで言わないでよね！　ちゃんとこうやって……」

と、一瞬でアニーの懐に潜り込んでみせる。

「……技の方だって磨いてきたんだから！」

「わかったわよ！」

やがて話は、勇者との旅についてのこととなる。

「それで……アルダムに着いてから、どうするつもりだったの？」

その質問に、フィリアは、うーん……と天を仰いだ。

「実はあんまり考えてなかったのよね……レスデアを脱出するのが最優先だったから」

「相変わらずだなあ！　いつも行動が先になるんだから！」

「そ、そうかな……？」

「そうよ！　故郷を出たときもフィリアはアルダムで兵士になるつもりだったでしょ！」

「え……だって、普通、自分の国で兵士になろうって思うものじゃない？」

やれやれ、と、アニーはかぶりを振った。アルダムでは女が兵士になろうと思ったら、冒険者として、よほど名が売れているとかでないとあり得ない。

アルダムの王都に到着してからその事実を知り、それから慌てて、女でも兵士になれるレスデアを目指したのだ。まあ、アニーも当時はそれを知らず、フィリアに言われるまま王都を目指したので咎められた筋合いではないのだが。

そういえば、あのときも海路だった。

今は逆に、志を胸に抱いて辿った道を、新たな使命と共にアルダムへと向かっている。

フィリアも同じことに思いを馳せていたらしく、しみじみと言う。

「思いもしなかったな……こんな風に、アニーとふたりでまた船に乗るなんて」

「あたしだって、想像もしてなかった。フィリアとあんな……」

つられて言いかけ、慌ててアニーは口をつぐんだ。一戦目の夜のことを思い出したのだ。

(本当に、思いもしなかった！　フィリアの見ている前であんなこと……！)

恥ずかしさが甦り、頬がカッと熱くなる。

隣に目を向ければ、幼馴染も照れ臭そうに顔を赤らめていた。

目と目が合って、一緒に噴き出す。と、そのとき、背後からパタリという物音がした。

「……？」

振り向くと、デッキと船室を隔てる壁の角の所に、なにか棒のようなものが倒れている。

「なんだろう？」

アニーが確かめに近寄る。

帆桁から策具でも外れたのかと、フィリアは頭上を見やり——

「え……？」

目を戻した時には、アニーの姿がなくなっていた。

おかしい。ついさっきまで、そこの……と、アニーが歩いて行った方へと足を運ぶ。

壁の角で立ち止まり、足元を見てみれば、倒れていた棒状の物体は日傘だった。

「傘？　どうして、こんなところに？」

角の先の通路を眺め渡してもアニーの姿はどこにもない。

「アニー……？　アニー！」

大声で呼んでも返事はない。いったいどうしたのか？

だが、悩むよりは行動だ。

「探しに行かなくちゃ……！」

「その必要はないわ」

「えっ？」

背後からの声に不意を突かれたフィリアの首筋に、冷たい牙が突き立てられた。

湯気立ち込めるお風呂場での勇者争奪戦は、騎士団側と入れ替わり、ティアーネの番。

といっても、もはや勝負は騎士団と討伐隊というより、女性陣vs直樹といった様相だ。

マットに這わせたティアーネと、後ろから繋がる。

しかし、直樹の方からは突くことができないように、テレーズとタチアナが絡みつき、ティアーネが激しく腰をくねらせて攻める形。

「勇者様、射精しちゃ駄目ですよ……あっ……♡　あぁっ♡　はぁっ♡　あ〜♡」

タチアナの情熱的腰使いも凄かったが、ティアーネはティアーネで、旅をしてきたのは自分たちだという自負がある。

いやらしく尻を振り立てて、今まで直樹に褒められたこと、直樹が喜んだことを、再現しようとする動き。生真面目な研究熱心さが彼女らしい。

実際、その動きは、これまでの情事のハイライトを思い出させるものだった。

ティアーネもそうなのだろう、

「勇者様……♡　もっとぉ……♡　あぁっ♡」

腰を動かしているのは自分なのに、いつしか直樹に突かれている気分になっている。

マット上でのバックの姿勢は、普段のよりも接合位置が低い。女僧侶《シスター》の聖裂に呑まれる極太の出入りも、肉への埋没感が一段とねっとりとしてたまらない。

「わ、悪い……ティアーネ。もうちょっと、ゆっくり……このままだとイッちまう」

「えっ……」

あまりの気持ち良さに直樹が音を上げると、ティアーネは我に返って動きを止めた。

そして、少しうつむいて、腰の前後を緩やかにする。

「わかりました……こう、ですか……勇者様？」

「お、おぉ……」

これなら、なんとか耐えられそう。

と、直樹がホッとしかけると、横からテレーズが口を出す。

「もう、ダメよ！　女の子に気を使わせちゃ♡　これじゃ、ティアーネがイケませんよ♡」

「ぐっ……！」

確かに！

（でも、そんなこと言ったたって……）

正直、仲間の中でマ○コの肉質が一番良いのはティアーネだ。お尻の大きさのせいか、膣圧が高い。騎士団のメンバーだと、タチアナもけっこう密着感があり、似た膣質だったが——そんな極上を連続で味わったのでは、これ以上耐えられない。

さっきからもう、直樹のチンポは暴発寸前になっていた。

「大丈夫です、勇者様。お疲れですし……私は……気にしませんので……」

意を汲んで、ティアーネがいっそう動きを控えめにする。昂《たかぶ》る自分の情欲を堪えて、無理に微笑む健気な表情を浮かべ——それが直樹の心に火をつけた。

「くっ、くそっ!!　勇者を舐めるなよ……ティアーネ！」

それは、ふがいない自分への怒りでもあった。この世界に来る前から……勇者、勇者と言われる前から、直樹は世界を目指して戦ってきたのだ！（オナニーで）

それが、これしきのこと！

テレーズたちを振り払い、ティアーネの上体を起こすと、彼女の巨乳をがっしりと掴んで、力の限りに激しく突き始める。

ずちゅ、ずちゅ、ぱんぱんっ！　むにむに、ぱんぱぁんっ！

「あぁっ♡　そっ、それです、勇者様……♡　もっと激しく……♡　んあっ、凄いっ♡　ああっ♡　ああんっ♡　ひゃあぅ……！　どうしていきなり……あっ、あんっ♡」

ごりごりとGスポットを責められて、ティアーネが裸体を躍らせ歓喜の声を上げる。

勇者の面目躍如だ。

とはいえ、本調子には程遠い。限界ギリギリだ。こんなの、いつまでももたない。

「は、早く……イッてくれ……!!」

直樹は叫んだ。

「あら、やるじゃない♡　ちょっと素敵……♡」

「ティアーネさんが羨ましいです……私も、こんな風に抱いて欲しい……♡」

必死の声に女心がときめいたのか、テレーズとタチアナがうっとりと唇を寄せてくる。

ふたりの舌が優しく頬を這い、耳の裏を、首筋を、れろれろぴちゃぴちゃと舐め回す。

ティアーネも、心を打たれたようだった。子宮頚部がぎゅんぎゅんと痙攣を始める。

「わかりました、勇者様……♡　私も、先にイカせてもらいますね……♡」

にっこりと微笑んで、彼女は自らアクメを迎え入れた。

「あぁあッ♡　あッぁあ～♡　はっ……あぁあぁあっ……♡　いきますっ！　いきますぅっ♡」

「うぉおっ……‼　締まるっ……‼」

びくっ、びくびくっ……びくん、びくん！　びくん！

膣肉がチンポにまとわりついてくる。ものすごい圧力。これは今までで一番の締まり！

ティアーネが大きく身をしならせて倒れ伏す。

それでも、その膣は吸いついたまま、肉棒を離そうとはしなかった。

「や、やば……抜こうとするだけで、本当にイッちまう……」

「ちょっと、ダメよぉ♡　ゆっくり抜きなさい♡」

危機を察知したテレーズが、手を添えて支えてくれる。

「あうっ……♡　うぐっ……」

ゆっくりと時間をかけて引き抜くと、じゅぽんという音がして、もの凄い量の愛液が、泡を立ててマ〇コから流れ落ちる。だが、どうにか射精だけは回避できた。

「偉いわねぇ、勇者様♡　ちゃーんと我慢して♡」

ご褒美とばかりに、テレーズがキスして、そのまま優しく舌を入れてくる。

「んむっ……！」

最後は彼女の番だ。

人妻騎士は直樹の唇を塞いだまま、向かい合わせのお膝抱っことなってヌルリと肉棒を胎内へと滑り込ませた。

（凄い……やっぱり、テレーズさん……これが大人のテクニック……うあぁっ……）

挿入したことに気づかせないスムースさに直樹は舌を巻いたが、思考力はたちまち吹き飛んだ。優しい抱擁の中、テレーズがゆっくりと腰を使い始めたのだ。

「ねえねえ、一緒にドロテアさんの部屋に行ってみない？」

昨日のエッチの話が盛り上がり、とうとう、トゥーラがそんなことを言い出した。

「えっ、でも……いいのかな？」

リディはためらいがちに言った。

この船の勤務シフトに合わせたわけではないが、騎士団の面々も交代制をとっている。争奪戦以外の組は、マリィの世話と非番に分かれていた。

現在、王女の警護はリオノーラとエリザ。あとの者は休み。自由時間である。

アニーがフィリアに会いに出掛け、リディたちは自室でお喋りをしていたのだが……

トゥーラが俄然、勢い込んで説得にかかる。

「遠慮することないでしょ？　色々と教えてもらいたいと思わない？」

「教えてもらうって……それで、いったいどうするの？　明日にはアルダムに到着するし、今夜は姫様たちの番よ。勇者様と、もう一度する時間なんて……それに、トゥーラだって、自分でも言ってたじゃない。勇者様は私たちを選ぶつもりなんかないって」

そんな生真面目な返事を、トゥーラは鼻で笑う。

「あ・れ・はカマをかけてみただけ！　実際のところはわかんないわよ？　やり方次第でどうとでもなるって！　ワンチャン、ワンチャン！」

「え〜〜〜〜〜っ、本当に？」

冗談めかしているが、恋愛に関しては腹黒く、手段を選ばないところがあるトゥーラのことだ、もしかしたら本気でそう考えているのかもしれない。

結局、リディは押し切られ、ふたりで連れ立ってドロテアの船室へと向かう。

しかし、扉を叩いても返事はなかった。

「留守かしら？　でも、あれっ？　鍵が……かかってないわ。不用心ねぇ」

「ちょっと、トゥーラ！　駄目だよ、勝手に入ったら……」

中に入ろうとするのを、手を掴んで引き留める。

「なによ〜、覗くだけだって♡」

笑いながら振り返ったトゥーラだったが、次の瞬間、その顔は凍りついた。

手を掴んでいたのはリディではなかった。

見も知らぬドレス姿の少女が、不気味な微笑を浮かべて彼女の手を握り締めている！

「ひっ……!?」

恐怖の悲鳴は途切れたまま、最後まで発せられることはなかった。

もうもうと立ち込める湯気に負けぬほどの熱い吐息が交じり合う。

「はっ……あ……」

「んっ……♡」

勇者棒に絡みつく人妻のとろける肉襞。

「あぁぁ……イ……イク……」

「まだ、ダーメ♡　最後まで頑張りなさい……♡」

頑張りなさいと言うわりに、頑張らせるのは自分の腕と言わんばかりに、緩急を自在に操るテレーズの絶妙な腰使い。

ぴったり身体を押しつけて抱き寄せたかと思えば、身を仰け反らせて離れていく。

明らかに愉しんでいる。その駆け引きは、まさに手練《てだ》れである。

「はぁっ……うっ……」

「ふふ……♡　まるで鉄みたいにカッチカチ……♡」

対面座位での完璧な射精管理。いや、これはもう管理の域を超えて支配だ。

イキそうになると緩め、そうかと思えば、すぐにまた締め上げて追い立てる。

「射精したくてたまらないって顔してるわよ♡　でも、これだけ溜め込んだ濃厚精液……膣内に出されたら、本当に妊娠しちゃうかも……♡」

「えっ」

挑発的に子宮口をコツコツとぶつけながら、テレーズはそんなことまで口にする。

そして、間近に直樹の目を覗き込む。

「そうしたら私、ふたり目の子供よ……♡　さすがにやめておいた方がいいかも……♡」

そんな目で見られたら、そんな風に言われたら！

「うあぁぁ……っ!!　テッ、テレーズさん……!!」

たまらず直樹は彼女をガバッと押し倒した。

「ああっ♡　いきなり激しくして……♡　私のこと本気で孕《はら》ませるつもりぃ……？」

言葉とは裏腹に嬉しそうな顔をして上げる悲鳴はわざとらしい。

「だって、さっきから我慢汁がテレーズさんの膣内に出まくってるんですから!!」

「ああんっ♡」

俄然、激しく突き始めた直樹の背に腕を回し、満足そうに抱き締めると、両脚でも強く引き寄せて、テレーズは下半身を密着させた。

大好きホールドならぬ、孕ませてホールドだ！

「いいわよ……ここまで我慢したご褒美……♡　私の膣内に射精《だし》なさい……♡」

「は……はいっ!!」

直樹の興奮は沸点を超えた。


ごぽごぽぉっ！

噴きこぼれそうになった鍋の火を止めて、ミラはエリザに目をやった。

「火加減が強すぎなのでは……？　まだ夕食の時間には少し早いですし……」

エリザはというと、手にしたレシピ本に首っぴきとなっていて、話しかけられたのにも気づいていない。

今晩の最終戦の前に、勇者の健闘を願って特別料理を振る舞おうというマリィの指示で、ふたりは厨房を借りて準備をしているところだった。

といっても、希少な食材を使った珍味ばかりなので、エリザが本で調べながら、ミラに手伝ってもらうという……なかなか要領を得ず、ひと苦労な作業。

それでも、どうにかこうにか、最後の一品というところまで辿り着いた。

「え……？　あ、うん、それでいいのよ」

ようやく気づいたエリザが、本から顔を上げる。

「一度、煮立ててから冷ますんだって。その方が、効能が強まるみたい」

「そうなのですね……」

「ちょっと味見してみてくれる？」

促され、ミラは大匙で鍋の中身をすくい取り、匂いをひと嗅ぎして……顔をしかめた。

異臭。血の匂い。

だが、それは料理から発せられたものではない。鋭敏な犬人族の嗅覚が反応する。

ミラはいきなり身を捻《ひね》り、手にした匙を背後に向かって降り下ろした。

しかし──

ガシィッ！

不意打ちはあっさりと受け止められる。

しかも、その相手は、とてもそんな力があるとは見えない華奢《きゃしゃ》な身体つきの少女。

「……鼻が利くのね。これは迂闊だったたわ……でも、役には立ちそう」

見た目の幼さに似合わぬ大人びた口調。そして、腕を振り下ろして大匙を突き立てようとするミラの腕力をものともせずに、落ち着き払った態度で逆に押し戻す。

「くっ……」

ミラは負けないように堪えるのが精いっぱいだった。

相手は只者ではない。魔族の侵入者だ。しかも、かなりの実力の持ち主……！

「エリザ、みんなを呼んでください！　魔王の刺客です！」

「わ、わかったわ！　今すぐ……」

「させると思う？」

謎の少女は言うが早いか、ミラの身体を軽々と放り投げる。なんという怪力！

「嘘……!?」

エリザはあっけにとられて立ちすくんだ。

そんなことができるのは、騎士団の中でも力自慢のトゥーラぐらいしかいない。

そして、次の瞬間には、少女はエリザのすぐ隣にいた。

その俊敏さも、騎士団一の素早さを誇るリディに匹敵……いや、それ以上だ。

「貴女はなにができるの？」

耳元で少女が囁く。

（どういう意味……？　はっ⁉　ま、まさか……今の怪力も素早さも、もしかして……‼）

そう思ったときには、少女の牙が首筋に突き立てられていた。

「あぁっ……！」

弱々しい悲鳴と共に、くたりと崩れ落ちるエリザ。

ミラが着地して体勢を整えるまでの、ほんの数瞬の出来事だった。

改めて敵と向き合うと、ミラは喉の奥でぐるると低い唸りを発した。直樹の前で見せたことはないが、獣人族は本気になれば、そこらの魔物など軽く蹴散らせる獰猛《どうもう》な戦闘力を備えている。

（勇者様のところには……絶対にいかせない！）

殺気を込めて少女の赤い瞳を睨みつける。

勇者の力によるパワーの強化も健在。それで自分が勇者を守る！

「があああっ！」

咆哮と共に、ミラは獣の構えで飛び掛かった。

が——

「あ、脚が……⁉」

動かない！　その場から一歩も前に進むことができない！

立ちすくむというより、足だけ固めて床にくっついたかのようだ。

「そんな……腕は動くのに……足だけ……！」

「ふふ……この娘は魔法の力を持っていたのね」

少女がエリザを顎で指す。

「もっと強い力だったら全身を動けなくできたでしょうけど。まあ、人間風情の魔力など、勇者に強化されてても、この程度ね……。でも、魔力は相性が良いの。私の本来の力と……ああ、美味しい♡」

「本来の力？　なにを言って……」

「貴女が知る必要はないわ」

少女は動けぬミラに余裕綽々《よゆうしゃくしゃく》で歩み寄ると、その頬を撫で、首筋に牙を突き立てた。

ずぷうっ……

「あっ……ああ……っ！」

力が抜けていく。ミラは膝をついた。絶望の中で意識が薄れていく。

「申……し訳ありませ……ゆ……しゃ、さま……」

「うおおおおっ！　テレーズさんっ‼」

直樹は猛った。ついに出た射精許可……それも、人妻への種付け許可だ！

どちゅっ、どちゅっ！　ずちゅずちゅずちゅうっ、ずど、ずどっ！　ずどおおんっ！

興奮と欲望のまま強《したた》かに腰を打ちつけると、その勢いにテレーズもたちまち余裕を失い、あられもない叫び声を幾度となく上げる。

「んああんっ♡　凄いっ♡　あっ♡　あっ♡　こっ、こんなの……あっ♡　はあんっ……んんんっ……♡　あっ、ああっ♡　できちゃうっ♡　絶対に赤ちゃんできちゃう……♡あ、あん♡　孕ませて！　勇者様の精子……中にっ……中にちょうだいっ！　あ……あ♡」

「あああぁ、イクッ……‼　俺の……俺の精子で孕んでください……‼　テレーズさん‼」

どぷっ……どぷどぷっ！　びゅるるるるるぅっ……びゅくびゅく、びゅくっ！

ついに、今まで我慢してきた分のザーメンが解き放たれた。

「ああああっ♡　ああ♡　熱ッ♡　いくっ……熱いのいっぱい……中にっ……ああっ♡出て……あっ、ああっ♡　いくっ……いくいくっ……いくううううっ♡♡♡♡」

人妻騎士がオーガスムスに身をよじる。だが、それでも射精は止まらない。

びゅぶううう、ぶるぶるっ……びゅぷ、ぶびゅる、びゅっう、びゅくくっ！

「ふっ……う……と、止まらない……入りきらないぐらい……出てる……」

ぶちまけられた大量の白濁は、子宮に収まりきらずに膣道を逆流し、秘裂から溢れ出すほどだった。勇者の完全復活だ。

幸せそうに全身を弛緩させて横たわるテレーズ、だが、直樹の猛りは収まるどころか、いや増すばかりだ。もっとだ！　もっと抱きたい！　種付け本能がそう叫ぶ。

「タチアナも、孕んでいいんだな？」

荒い息のまま問うと、金髪可憐な女騎士は、雄々しくそそり立ったままの直樹の肉棒に魅入られたように視線を釘づけにして頷いた。

「は、はい……♡　ゆ、勇者様の赤ちゃん……私も生みたい……♡」

そう言って、テレーズの横に身を投げ出し、自ら脚を広げる。股間を濡らす愛液の量が凄い。ぬめり光る秘裂に直樹は剛直を深々と突き刺した。

ずちゅ……ずぶ、ずぶぶっ……にゅるるるるっ！

「あっ……んぁんっ♡　凄い……さっきと全然違う……あ、あっ……♡」

悦びの声に滲むのは発情したメスの本能。

妊娠させられるための、妊娠させるための、女と男の交合が始まった。

これまでしてきた楽しむためのセックスとはまた違う。互いにより深く、より奥へと、貪欲な生殖本能が肉体そのものにも変化をもたらす。

直樹のものは確実に子種を届けようと普段より明らかに怒張を増し、タチアナの子宮は信じられないほど膣口近くまで降りてくる。

ずぷぷっ、ぐちょっ、ぐちゃ、じゅぷうっ……びゅる、びゅびゅっ……びゅぷぷ！

「あっ……♡　あっ……あぁっ♡　熱っ……♡　あっ♡　んあああっ♡」

射精を堪える必要などなかった。精を吐いても吐いても肉棒は萎えず、硬度を保ち続け、止むことなき射精の絶頂の中、タチアナを突きまくる。吐精しながらのピストンに愛液とザーメンが混ざった飛沫が、ぶぴぶぴと音を立てて雨と降る。

どぷうっ……びゅるるる、びゅ、びゅーっ！　びゅっぷうううっ！

「勇者様っ♡　ああんっ……も、もう……私……あ、ああっ♡　い、いっちゃいます……夢みたいです！　こんな……あんっ♡　あはあっ♡　勇者様に、こんな風に激しく抱いてもらえるなんて、あっ♡　あっ♡　大好きぃ……勇者様のおちんちん、んあああっ♡あっ……いくっ……凄い……今までで一番……ああ、あ～～～～♡　いっくうううっ‼」

絶頂した金髪騎士の膣内に思い切り全部を吐き出すと、すぐさま直樹は、ティアーネに向かってギラつく孕ませ棒を見せつけた。

「待たせたな……今度はちゃんと出してやるから……搾り取ってくれよ、ティアーネ」

「は……♡　はい……♡」

ティアーネも抑えきれない欲望をその顔に露わにしていた。

自ら大きく脚を広げて種付けを望む姿勢を作り、ペニスの挿入を迎え入れる。

ずるるっ、にちゅ……ぶちゅぬちゅ、ぐぐっ、ぐぽおっ！

柔らかな大陰唇が極太に割られて大きく膨らみ、淫らに歪んだ膣口からは、女の蜜汁がぴゅっぴゅと弾ける。

直樹は自分の出入りを眺めながら彼女を貫き、責め立てた。

「ううっ……あはぁっ……はぁ……♡　ゆ、勇者様ぁっ……♡♡♡♡　く……んあっ♡気持ち……いいですか？　私のオマ○コ……あ、あ……ちゃ、ちゃんと、ご奉仕できてい

ますか？　ああっ、ああんっ♡　あっ、も、もう……出て……る！　入ってきてますっ♡」

「ああ、もっと出してやるぞ！　全部注ぎ込んでやる！」

またしても射精しながらのピストン。これが死ぬほど気持ち良い。膣内《なか》出しした精液を掻き混ぜながら、じゅぶじゅぶ奥へと押し流す。種付け感がハンパない。

どぷうっ……どぷんっ！　どくどくっ……びゅるるるるうっ……！

「ああ～～～～～～っ♡　いきますっ……いきますぅっ♡♡♡♡　あ、ああっ♡　んんんんんぅっ♡　全部……全部、注いでください！　んあっ♡　はぁあぁあんっ♡♡

勇者様のザーメンで、いっぱいに、いっぱいに……ああっ♡　あ～～～～っっっ♡♡♡」

アクメの瞬間もティアーネはマ○コをぎゅうぎゅうに締めつける。

それはまるで、注がれた精液を一滴たりとも零したくないとでもいうかのようだった。

それでも、射精管理された反動か、それとも媚薬オイルの効果か、ペニスを引き抜いたあとも直樹の熱汁はぶぴゅぶぴゅと吐き出され続け、尽きそうにもなかった。

それをマットに伸びる三人の顔と乳房へ、順番に降り注いでやる。

「まぁ、凄い……♡」

「こんなに溜め込んでたんですね……♡」

テレーズもタチアナもうっとりとしている。

「いやー、まさかこんなに出るとは……」

直樹自身、肉棒の復活と、その激しさに驚いていた。

マリィの計らいとは言え、おかげでこんなに気持ち良いセックスができた。

だが、さすがにもう限界だろう。今夜はまだ最終戦がある。せっかく回復したのだから、余力を残しておかないと……。

「ねぇ……♡　まだ物足りないいんじゃない？」

「えっ⁉」

テレーズが直樹のチンポを掴んでさすする。

「だって、まだこんなにカチカチじゃない……♡　私のこと孕ませてくれるんでしょう？」

「そ、それは……」

人妻騎士の瞳はトロンとして完全に理性を失っていた。

マジか！　あのオイル……いや、勇者の精液の効果もあるだろうが……。

顔に浴びせられた精液を美味しそうにちゅるりと舐め取り、テレーズがしなだれかかる。

おっぱいをふんわりと押しつけて、母性の色香で男をくすぐる人妻おねだりた。

「だから……もうちょっとだけ……ね♡」

海面は夕焼けに染まり赤く輝いていた。陽が沈む間際の美しい眺めだ。

そんな光景を横目に、甲板の通路をティアーネたち四戦目の三人が歩いていた。

直樹を部屋に送り届けたあと、自室へと引き上げるところだ。

「はぁ～♡　スッキリしたぁ♡」

「そうですね～♡　さすが、勇者様♡」

浴場でのエッチは結局、日中を丸々使っておこなわれた。何度も中出しをしてもらって
みんな大満足の顔をしている。

「勇者様、あんなに頑張ってくださるなんて……私たち、ちょっとやりすぎじゃ？」

「彼も気持ち良さそうだったし、いいじゃない♡」

そんことを言い交わすタチアナとテレーズ。ふたりとも肌がツヤツヤと輝いている。

その後ろを歩くティアーネだったが……ふと、足を止める。

「……」

「どうしたの？」

テレーズが振り返って問いかける。

「いえ……今、少し妙な気配を感じて……」

「気配？」

「特になにも感じないけど……」

タチアナと顔を見合わせ、テレーズは首を傾げた。

「考えすぎなんじゃない？」

しかし、ティアーネの胸騒ぎは収まらなかった。これは普通の気配ではない。

（この気配、どこかライラさんに似ているような。ということは、まさか……）

その顔つきが険しいものになる。

すると、タチアナが言った。

「でも、確かに様子が変ですよ……」

「え？」

「さっきから人の姿が全然見当たらないし……普段だったら、もう少し賑やかなはず……」

「そういえば、夜といっても、まだ寝るには早い時間よね……」

テレーズも頷く。確かにおかしい。なにかの異変が起きている？

「や、やっぱりなにかあったのかも……」

「念のため……様子を見に行きましょうか」

「気のせいだといいんだけど……」

「十分警戒して行きましょう」

そんなことを口々に言い合って踵《きびす》を返したが、そのとき、ドサリと音がした。

「タチアナ!?」

テレーズが叫び声を上げる。

甲板に倒れ伏しているのは、さっきまでピンピンしていた金髪の騎士。

そして、その傍らには冷ややかな目をした少女が立っていた。

拭う口元からは血が滴っている。

ティアーネは息を呑んだ。

（やはり魔族……！　気配の主はこの……でも、どうやって船に!?）

年端もいかない少女の姿――だが、放たれる圧は、これまでに出会ったどんな魔物より強烈だった。ライラたちと同質の……しかし、遥かに禍々しい気を纏っている。

ちょうどそのとき、完全な日没となった。おぼろな月明かりに目が慣れるまでの一瞬の闇が訪れる。それに乗じて、黒き疾風の如く、少女がティアーネ目掛けて襲いかかる。

(魔法で……身を……守らないと!)

だが、思考に身体が追いつかない。詠唱が間に合わない!

「きゃああああっ!」

ドスドスドスッ!

為す術なくやられそうになった寸前、少女の腕に投げナイフが連続して突き刺さる。

「ティアーネさん! 逃げて!」

テレーズだ。太腿のベルトに刺したナイフを更に数本抜き放ち、第二波を投擲する。

が、それはすでに予測されていた。少女は壁に向かって跳躍し、三角飛びに身を躱す。

そして、テレーズに向き直ると、腕に刺さっていた投げナイフをゆっくりと引き抜き、なんと、その傷口が淡い光とともに塞がっていく。

「回復魔法……!?」

いったい何者なのか? 驚くティアーネを我に返らせたのはテレーズだった。

「私が時間を稼ぐわ! その間に勇者様を……!!」

そう言って、続けざまにナイフを放ちながら、少女の注意を引きつける。

（そ、そうだ……勇者様を守らないと！）

侵入者がこの少女だけとは限らない。

騎士団の副隊長だけあって、テレーズの判断は冷静かつ正しいものだった。

彼女を追って、少女が甲板の向こうへと姿を消す。勇者の下へ向かうなら今だ。

しかし――

「ああっ……きゃあああっ！」

ティアーネが船内に戻りもしないうちに、闇の向こうからテレーズの悲鳴が上がった。

あっと言う間だ。

「ど、どうしよう……！」

助けに行くことはできない。

相手は圧倒的過ぎる。自分一人では太刀打ちできないだろう。

ならば、このまま闇に紛《まぎ》れ、物陰伝いに勇者の部屋に向かうしかない。

静かに……息を殺して、足音を立てないよう、駆け出したいのを我慢して。

だが、ティアーネの試みは、耳元で囁かれたひと言で打ち砕かれた。

「無駄よ。だって貴女、良い香りさせてるもの」

第五章　吸血鬼の女王は千年モノの処女マ○コ⁉

ぐるるるる……

唸り声にも似たその不気味な物音で直樹は目を覚ました。

室内の薄闇《うすやみ》に、すでに陽が落ちていることを知り、慌てて起き上がる。

「いけね！　寝過ごしちまったか⁉」

お風呂から帰った後、ウトウトしているうちに寝入ってしまっていたのだ。

ぐるるるるるぅ……

「なんだ、この音……？」

闇の中を見回し、灯りをつけようと燭台に手を伸ばす。すると再び――

ぐぎゅるるるるぅっ……

「って、なんだ……腹の虫かよ」

猛烈な空腹感だ。お腹と背中がくっつきそうという言葉があるが、まさにそれ。

（あれだけヤッたし、そりゃあ腹も減って当然だよな……）

体力の消耗も激しい。お風呂で取り戻した元気もどこへやら。ガス欠状態に逆戻りだ。

今夜のエッチはさすがに無理……延期してもらわないと。

っていうか、時刻的にはもう最終戦の時間だよな⁉

食事の時間にはいつもミラが呼びに来てくれるのだが、寝ていたから休ませようという気遣いをしてくれたのかもしれない。

「とりあえず、なにか食べさせてもらおう。なんでもいいから腹に入れないとヘトヘトだ」

着替えて、足早に食堂へと向かう。

もしかしたら、もう閉まっているかもしれないと心配だったが、そんなことはなかった。

「勇者様！　お待ちしておりましたのよ！」

直樹が入っていくと、顔を輝かせたマリィが飛びつきそうな勢いで出迎える。

「遅かったじゃない、何してたのよ」と、リュゼ。

見れば、食堂には最終戦のメンバーしかいない。さすがに食事の時間は過ぎていたか。

と、思いきや――

「まったく、他の者たちはどうしたんだ！　こんなことぐらいで規律を乱すとは……」

一人、腹を立てているリオノーラの口ぶりからすると、他の騎士たちは単に食事に来ていないらしい。どうしたことだろうか？

「みなさん、きっと勇者様とのエッチで疲れていますの、リオノーラ。こんなときぐらい大目に見てあげなさい」

「しかし、姫様、主を守るべき騎士として……」

「ま、あたしはどっちでもいいけどね。ようやくエッチできるんだから！」

そんなやりとりには興味がないとばかりに、テーブルに頬杖をついてリュゼが言う。

「あ、いや……それなんだが」

延期のお願いをするのにちょうど良いと踏んで、直樹は彼女の向かいに座った。

第四戦では、一発だけのつもりが全員に中出ししてしまい、しかも、ひとりにつき三発、計九回も射精してしまった。

だから、ちょっと……もう限界なので。

「……で？」

たちまち、リュゼの目が吊り上がる。この顔つきはヤバイ。相当なピキり具合だ。

「なんで体力残しておかなかったわけ？」

「うぅ……ごめんなさい」

ここは謝る一手しかないと、うなだれて反省の意を示す。が、追及の手は緩まない。

「私たち四人が控えてるの、知ってたわよね？」

「いや、だって……人妻に孕ませてなんてせがまれたら、お前……」

「ちょっとは我慢しなさいよ、このおバカ‼　だいたいね……」

怒涛のお説教タイムになりそうなところだったが、マリィが馬鹿明るく口を挟む。

「大丈夫ですわ、リュゼさん！」

（うっ、嫌な予感……）

直樹は顔をしかめた。マリィの「大丈夫」が、大丈夫だった試しなどない。

「こんなこともあろうかと、精のつく料理を沢山用意しましたわ！」

そして、厨房からリオノーラがワゴンに乗せて運んできたのは山のように盛られた――

盛られた……うわあ、なんとも言えなあい！

「ドラゴンの心臓ソテーに、サイクロプスの目玉焼きですわ、それからこちらは……」

「全部ゲテものじゃねーか！」

見た目だけでもアレなのに、おどろおどろしいメニューの名まで聞かされては、たとえ精力がつくと言われてても口に入れる気が失せる。これを食せと⁉

「へぇ～、効き目ありそうね」

直樹の気も知らず、アホ王女にしてはやるじゃない……と、リュゼが感心してみせる。

（くそっ！　食べるほうの身にもなってみろ！）

なんとか逃げる方法はないものか。辞退する口実を必死で探す。

「お、お前が作ったのか？」

「ご安心くださいまし。ちゃーんと、ミラとエリザのふたりに申しつけて作らせましたわ。

彼女たちの腕は確かでしてよ」

「そ、そうか。なら、大丈夫だな」

……って、そんなわけあるか！　ゲテものはゲテものだ！

もうヤダ！　こうなったら、強行突破だ！

「冗談じゃない！　変なもん食わせようとすんな！」

ダッシュでその場からズラかろうとするも、すぐさまリュゼが通せんぼする。

「いいから、大人しく食べなさいよ!!」

そして、マリィも不気味な料理を直樹の口元に匙で運んで寄越す。

「さぁ、勇者様、グイッと！」

「なんで、こんなときだけ息が合ってんだよ、お前ら！　はっ、離せ〜〜〜〜〜っ!!」

いつもの揉み合いとなったが、リオノーラはさすがに慣れてきたようで、ぎゃーぎゃー騒ぐ三人の傍らで静観を決め込む。

「しかし、料理だけ作ってエリザはどこに行ったんだ……まったく」

と、そこで、言い争いに加わっていないもうひとり——ライラが顔を曇らせているのに気づく。そういえば、食堂に集まったときから彼女はどこか考え込んでいる風だった。

「どうした？　さっきから浮かない顔をして」

「いや、勘違いだと思っていたけど……さっきからどんどん強まるこの感じ……」

ライラが眉間にしわを寄せる。

昨日は胸騒ぎでしかなかったものが、今日になってますます不安なものに——

いや、それ以上だ。不穏な気配は今や、はっきり感じ取れるほどに膨れ上がっていた。

「やっぱり、あたしとドロテアと以外に……」

「なんのことだ？」

リオノーラが怪訝な顔をして問いただそうとした、そのとき——

刻一刻と強まっていた気配が膨れ上がり、殺気となるのをライラは感じ取った。

「みんな伏せて‼」

「えっ？」

突然の警告に直樹たちが振り返った、その瞬間――

ドゴオオオォッ！

魔法の衝撃波が扉を突き破って雪崩《なだれ》れ込んで来た。

「うおぉぉっ⁉」

「くぅ……‼」

咄嗟に魔法障壁《アンチマジックシェル》を張って、どうにかみんなを庇ったたライラだったが、衝撃波はそれで消えることもなく、それどころか、勢いを増して襲い掛かる。

その威力は少しでも力を抜けば、消し飛ばされてしまいそうなほどだ。

そして、信じられないことに魔法障壁が削られていく！

ギャリギャリギャリッ！

「あわわ……」

目を白黒させるばかりの直樹をリュゼが背に庇い、リオノーラはマリィに身を被せる。

それを横目にライラは歯を食いしばった。障壁を支える手の平がビリビリと痺《しび》れる。

(馬鹿な……上位魔族のあたしを圧倒するほどの魔力！　ううっ、ご主人様を守れるのは、あたしだけ……！)

負けるわけにはいかない！　ありったけの魔力を込めて押し返す。

眩《まばゆ》い光が室内を呑み込んだ。

「きゃっ！」

「うわっ」

エネルギーの対消滅。光の破片となって互いの魔力が飛散する。閃光が収まり、そこに佇んでいたのは黒いドレスの美少女だった。

「手加減したとはいえ、よく防いだものね……」

少女がエレガントな所作で、手にした日傘で床を突く。

「うっ……」

直樹は目を見張った。乗船のときにぶつかった赤い瞳の少女だ！

すると、ライラが少女に向かって言った。

「まさか、アンタだったとはね。吸血鬼《ヴァンパイア》の女王、ルイーゼロッテ……!!」

「吸血鬼!?　知っているのか!?　ライラ!!」

驚く直樹に彼女は頷いてみせた。

「私と同じ、魔王様直属の配下よ……」

「フン……久しぶりね、ライラ。貴女の裏切りに魔王様はずいぶんお怒りだったわよ」

少女――ルイーゼロッテが落ち着き払って挨拶を返す。

見た目の幼さからは到底信じられぬ貫禄だ。

「でも、私の役目は勇者ナオキを連れ帰ること。無闇に血を流すのは嫌いよ……できれば、素直に従ってほしいのだけど……」

完全に上から目線。まるで、もう勝利したかのような物言いに、ライラの眉が跳ねる。

「なによ、随分と強気じゃない‼　この船に何人乗ってると思ってるの⁉　じきにみんな、駆けつけてくるわ‼」

すると、ルイーゼロッテは、やれやれとため息をついた。

「貴女って、本当に単純ね……」

その紅の瞳孔が闇色に沈む。

妖しい、しかし、危険を感じながらも覗き込まずにはいられない、その瞳――

「私がなんの策もなしに……貴女たちの前に姿を現すとでも？」

パチンッ！

指の鳴る音と共に、直樹たちに電流のような衝撃が走った。

「か……身体が……‼」

金縛りだ。身動きが取れない。

「麻痺魔法《パラライズ》⁉　嘘……⁉　そんな魔法があたしに効くわけ……」

ライラも動揺を隠せない。吸血鬼の使う麻痺の本質は魅了だ。つまり、淫魔の術に近い。

直樹たち人間ならばいざ知らず、魔族の自分まで指一本も動かせなくなるとはいったい⁉

不可解な顔の彼女に向かってルイーゼロッテが答えを口にする。

「私を誰だと思っているの？　吸血鬼の女王よ」

そうか！　ライラはそのことを失念していた自分を呪った。

相手はただの吸血鬼ではないのだ。真祖とも呼ばれる吸血鬼の頂点だ。

その吸血は強力な催眠作用と——自己強化能力を持っている！

「思い出したようね。そう……血を吸う対象の能力が高ければ高いほど私も更に強くなる。だから、女たちが勇者の力で強化されるのを待ち、確実に勝てる状況を作ったの」

つまり、他の仲間たちは、すでにルイーゼロッテの餌食《えじき》となったあと。

駆けつけてくる者などいないし、それればかりか、勇者の精液で引き出された彼女たちのパワーをルイーゼロッテは吸血によって受け継いでしまっているということ！

(襲撃時の魔法の威力も、きっとティアーネから吸い取った魔力で強化されたもの……)

それなら、あの凄まじい破壊力も納得がいく。ライラは歯噛みした。

「くっ……」

「貴女たちの仲間には、みんな眠ってもらったわ……私に血を吸われてね」

「ドロテアは!?　あの子ならアンタの存在に気づいたはず……!!」

「あの子は最初から寝てたわ。お友達が噛まれても気づいてなかったわね……」

(あのバカ……!!)

その情景が目に浮かぶ。言わんこっちゃない。朝まで直樹とヤリまくっていたせいだ。

あとでお説教してやるところだが、この難局を乗り切れなければ、それもできない。

「さあ、勇者……私と一緒に魔界に来てもらうわよ……」

ルイーゼロッテが歩み寄る。

「うっ……‼」

直樹はたじろいだが、身をすくめることすら叶わぬ麻痺の状態のままだ。

（くそっ……どうにかしないと！）

以前、石化されてしまったときのことを思って突破口はないかと考えを巡らせる。

オナニーさえできればなんとか……いや、ならない。今度ばかりはどうしようもない。

それほどに、ルイーゼロッテの襲撃計画は入念で完璧なものだった。

が、そのとき――

「お待ちなさい‼」

凛とした声が響き渡った。

「魔物風情が勇者様に触れるなんて許しませんわ‼　勇者様は人類の希望でしてよ‼」

「お、おい、マリィ……‼」

何か策でもあるのかと思いきや、彼女もまた、直樹と仲良く腰を抜かした格好で麻痺をしている。勇ましいのは口だけだ。

しかし――

「姫様……よくぞおっしゃいました！」

凛とした声の第二弾が響き渡った。

「えっ、えっ⁉」

何が起きたのかわからず面食らっていると、抜き放った長剣を手にして進み出たのは、騎士団長、リオノーラ・オファロンその人だった。

「魔物め、思い通りにはさせぬ……レスデア騎士の誇りに賭けて！」

（ええ～～～～～～～っ⁉　どうして動けてるんだ⁉）

驚く直樹を背に庇い、油断なく身構えると、リオノーラは不敵な笑みを浮かべた。

「ここで会ったが百年目とはよく言ったものだな。お前のその術、憶えていたぞ……！」

ルイーゼロッテが胡乱《うろん》な目を向ける。

「憶えていた……ですって？」

「それだけではない。気づいていないのか、セリューがお前につけていた警告の印に！」

そう言ってリオノーラが指さした先、吸血鬼の女王のドレスの胸元には、なにか魔法のシンボルのようなものが暗緑色の光を放っていた。

「これは……？」

ルイーゼロッテが少しだけ目を見開く。

「それは冒険者ギルドの者が使う警告の印……強い魔力と反応する魔光石の粉末だ……。きっと、お前がセリューを襲ったとき、彼女がつけたものに違いない！」

（おおおおお……凄ぇ！）

やるじゃないか、リオノーラ！　言ってることの背景はよくわからなかったが、なんか超カッコ良い！　どうあれ、とにかく助かった！

「お前の姿と、その印を見て私は咄嗟に視線を外したのだ。麻痺から逃れるために」

それを聞いて、ルイーゼロッテは得心したというように首を傾げた。

「なるほど……あのときの片割れというわけね」

「今度こそ、決着をつける！」

「やれやれ、奇遇なことだわ。でも、決着をつけるというのなら……そうね、いいわよ。私の方は、ふたり目だけれど」

ルイーゼロッテの瞳が暗赤色に冷めていく。

（マズイぞ！　また麻痺が来る……！）

「させるものかぁっ！」

剣風一閃、リオノーラが吸血鬼の身体を薙ぎ払う。

が、ルイーゼロッテは獣じみた跳躍でそれを躱し、壁を蹴って不意な角度から急襲する。

二撃！　三撃！　剣と牙が互いの急所を狙って交錯し、ふたりの長い髪が舞い踊った。

「くっ……」

必殺の剣戟が幾度も虚しく空を斬り、リオノーラが焦りを見せる。

対するルイーゼロッテの方はあれほどの動きをしたのに、息ひとつ乱れていない。

「なかなかね……でも、貴女、それは人間のレベルだわ……勇者の力で強化されていたらどうかわからなかったけれど」

実力はわかったとでもいうかのような吸血鬼の言いざまに、女騎士が激高する。

「なにをっ……まだまだっ！」

そして、振り下ろされる渾身の一撃！

が、それは相手の思惑だった。挑発に乗せられたのだ。

バアンッ！

料理が乗せられていたワゴンを軽々と跳ね上げ、大盾のようにして一撃を受け止めると、その後ろに隠れたルイーゼロッテは、一瞬後には遠く後方の宙空を舞っていた。

その両手に握られているのは無数のナイフ。ワゴンに備えつけで置いてあったやつだ。

吸血強化でテレーズから奪った正確無比な投擲技が暴風となって襲い掛かる！

「ぐあぁっ……！」

身を捻り、乱れ飛んできた刃をかろうじて回避したリオノーラだったが、体勢を崩して不自然な姿勢で転倒した。

「姫……様……」

どこか打ち所が悪かったか、そのまま、うっと呻いて昏倒する。

「その程度ね……所詮《しょせん》、勇者の力もないままでは、無様な姿をさらすことになる」

ルイーゼロッテが冷静に勝敗を見極める。

（いや、違う……）

直樹は見ていた。放たれたナイフのうちの一本の射線上にマリィがいたのだ。

それを受け止めたため、リオノーラはバランスを崩した。決して無様などではない。

彼女は正しく騎士だった。主を守ったのだ。

「さて……万事休すね」

「まだよ！　見てなさい‼」

またしてもマリィが吠える。

「今……勇者様がリオノーラに力を与えて貴女をメッタメタにしてやりますの‼」

「いや、できるわけないだろ……」

いきなり自分に振られても困ると、直樹は嘆息した。

リオノーラの戦う姿に感じるものはあったが、できることとできないことはある。

口だけでも歯向かうマリィの気概だけは天晴だったが……むしろ、相手の注意を無駄に引くことにしかなっていない。

「フン……王女マリィ、現実が見えていないようね」

ルイーゼロッテが歩み寄り、その首を掴んで高々と持ち上げる。

「ヒッ⁉」

人ひとりの身体を軽々と片手で……もの凄い膂力だ。

「く、苦し……リオノーラ……助け……」

「この期に及んで他人頼り……これで王族とは笑わせるわね」

「う、あ……リオ……ノーラ……リオ……ノ……」

それでもマリィは呼び続ける。幼い頃からずっと自分を守り続けてくれた騎士の名を。

リオノーラは必ず助けてくれる。絶対に自分の味方なのだと心の底から信じている。

その煩さに、ルイーゼロッテが辟易《へきえき》とした顔をする。

「やかましい小娘ね。そんなに好きなら、仲良く眠らせてあげる……これでもレスデアの次期女王なのだから利用価値はありそうだしね。勇者ともども魔王様へのお土産に……」

「や、やめ……!! 離しなさい!! 嫌ぁっ!」

かぷっ!

鋭く尖った吸血鬼の牙を目の前で見せられて、痛み恐怖症のマリィは悲鳴を上げた。

「ヒッ……!! あっ……!! が……はっ!! は……あ……ひっ……ひぃぃ……」

じょろろろろ……

白いうなじにルイーゼロッテが噛みつくと、王女の太腿に液体が伝う。失禁したのだ。

「クソ……身体が動かない……!!」

直樹は無力だった。勇者だというのに、ただ見ているしかできないとは――

(いや待てよ？)

そこで、思い出す。

勇者というなら、確かマリィも……同じく勇者の血を引いていたのでは？

レスデアの王宮でソフィーから聞かされた王家の秘密。先代勇者とレスデアの姫君との間にできた子供の血筋。それがソフィーであり、マリィのはず。と、いうことは……？

見れば、ルイーゼロッテの様子がなんだかおかしい。

「何の能力も持たないわりに、味は良いわね。少し多めに頂こうかしら……」

と、喉を鳴らして血を吸い続け、ようやく口を離したかと思うと、今度は傷口から流れ出た血液にまで舌を伸ばしてペロペロと舐め取る。

それどころか、嫌がるマリィにピタリと身を寄せ、胸や太腿に手を這わし出す。

「ちょっと……な、何を⁉　おやめなさい！　な……舐め回さないでくださいまし……」

「はぁ……んっ……なんだか身体が熱い……とても疼くわ……」

「や、やめ……ひっ、ひぃぃ……」

その光景は、直樹の推測を裏づけるものだった。

(これって、やっぱり……)

するとと、出し抜けに身体が軽くなる。金縛りが解けた！

「あれ？　身体が……？」

「動けるようになったわ！」

ライラとリュゼも同様のようだ。そして、リオノーラも頭を振り振り、身を起こす。

「姫様……‼」

たった今、意識を取り戻したばかりだというのに、ルイーゼロッテの狼藉を目にした彼女は、ふらつきながらも立ち上がろうとする。

「いや……待て、リオノーラ」

直樹に様子を見るよう促され、女騎士は怪訝な顔をしたが、すぐに異変に気づいた。

襲われているというには、ふたりの雰囲気が違っていた。

「はぁっ♡　はぁ……♡　貴女の胸の鼓動を感じる……♡　貴女、よく見たら綺麗な顔をしてるわ……ウフフ……とても血色が良いのね……」

マリィに向けられたルイーゼロッテの熱い眼差しは、恋人を見つめるそれだ。

睦み合いの言葉さながらのセリフを口にしてマリィの下顎を指先でなぞり、一方では、
下半身へと伸ばした手で秘所をまさぐる。

「ひっ……‼　ひぃぃぃ……‼」

「怯《おび》えてる顔も可愛い♡　眠らせないでおくから、もっとよく顔を見せてちょうだい♡　フフ……肌スベスベね……♡」

「ちょっと、触らないでくださいまし⁉」

マリィが嫌がっていることを除《のぞ》けば、ただイチャイチャしているだけにも見える。

「なにか様子がおかしいようだが、これは……？」

リオノーラが直樹に説明を求めた。

「多分、マリィの血を吸ったせいでこうなった」

「どういうことだ？」

「詳しくはあとで話すけど……レスデアの王族は代々、勇者の血を引いてるんだ」

「なんだと⁉」

王女親衛隊にも明かされていない秘密を聞かされ、リオノーラは目を丸くした。だが、

すぐさまルイーゼロッテの変貌の理由も理解する。

女を虜にする勇者の力——その血を吸ったことによって、吸血鬼の女王はマリィに心を奪われてしまったのだ。

「それに、魔族の中には、それが契約になるタイプもいるみたいだから……」

「それにしても、随分あっさり効いたわね」

直樹の推測にリュゼが疑問を口にするが、それに答えを出したのはライラだった。

「体液の中では血が一番強力ってことかしら……ルイーゼロッテもご主人様の血は吸おうとしなかったし」

なるほど、勇者の体液の危険性を知っていたから——しかし、マリィもまた勇者の子孫ということを知らなかったのが運の尽きだった、というわけか。

「というか、元々そっちの気もあったんじゃ？」

ルイーゼロッテの一方的な乳繰り合いを眺めながら、直樹は呟いた。

「あぁ、マリィ……私はもう貴女の愛の奴隷よ……」

今や、彼女はマリィを押し倒し、胸元に手を突っ込んで、今にも一線を越えようとせんばかりだ。

「いやあぁああっ‼」

マリィが全力で悲鳴を上げる。さっき襲われたときとは違う意味の悲鳴だ。

「確かに、放っておくと最後までいきそう」

そう言って、リュゼが助け舟を出す。

「あきらめなさい、マリィ。あんたは、そいつと主従の契約を結んじゃったのよ」

いや、助けにはなっていなかった。マリィが絶望に目を見開く。

「そんなの、聞いてませんわよ⁉」

そして、ガバッと跳ね起きる。

「そうですわ、勇者様‼　わたくしを助ける方法がありましてよ‼」

「はぁ⁉　なんで俺なんだよ⁉」

「今から、この子を抱いてくださいませ‼　勇者様の力で契約を上書きするんですわ‼」

「はああああ⁉」

なにを言い出すかと思えば！　直樹は頭を振った。

「お前、また、めちゃくちゃ言いやがって……」

「でも、勇者様だって抱いてみたいでしょう⁉　わたくしは厄介払いができて、お互いに得ですわ‼」

マリィが必死になって説得する。

「……ああ言ってるが、お前らはいいのか？」

リオノーラに問われ、リュゼが肩をすくめる。

「ま、姫様のおかげで助かったしね。今回ばかりは好きにさせるわ」

これでも少しはマリィを気の毒に思っているらしい。そして、ライラはというと、

「そもそも、契約の上書きなんてできるのかしらね～？」

「おいっ！　他人事だな！」

ついさっきまでは直樹にも他人事だったのだが。

ルイーゼロッテはルイーゼロッテで直樹など眼中にない態度で、マリィに夢中だ。

「ウフフ……私たちの愛を試そうというのね、マリィ♡　大丈夫……私は決して心変わりなんてしないから……♡」

「ベタベタしないでくださいまし！」

「いいわ……そこまで言うなら貴女のために抱かれてあげる。だけど……貴女も一緒じゃなきゃ嫌よ……」

「う……まぁ……それくらいならよろしくてよ……」

（いったい、俺って……）

完全に自分の意向を無視されて、直樹はがっくりとうなだれた。

だが、まあ、深くは考えまい。

「相変わらず勝手に話を進めてくれるな……」

「勝負も控えてるんだから、さっさと済ませてよね」

ボヤきつつも成り行きに乗っかる直樹を、リュゼがそっけなく追い打ちした。

さっさと、と言われても食堂でするわけにもいかない。

最終戦の舞台となる予定だったマリィの寝室に場所を移すことになった。

「おお……なんか落ち着かないな」

部屋の作りや装飾こそ直樹にあてがわれた貴賓船室と変わらなかったが、王女の寝所ということでカーテンやシーツの色味が少女趣味だ。女の子の部屋に上がり込んだみたいで、そわそわしてしまう。

ましてや、ズボンを降ろしてベッドに腰かけたその前に、美女ふたりが膝をついているとなれば尚更だ。

もちろんそれは、興奮という意味では良い方向に作用していた。

おかげで、どうにか勃ち上がった肉棒に、マリィとルイーゼロッテが舌を這わす。

「ん……変な味だわ」

「はぁ……ちゅぱ……黙ってご奉仕なさい……」

あくまでも愛する者のために仕方なく、という態度がありありの吸血鬼を王女が叱る。

「それにしても勇者様……元気がありませんわね……」

れろれろと亀頭を舌で転がしながら、マリィが言う。

「そりゃ……さっき、もう限界だって言ったろ……」

勃起はしたものの、ふにゃふにゃだ。

「らしくないな、勇者殿」

「だから言ったのよ、まったく……」

見守るリオノーラと、リュゼからの茶々が入る。直樹とて、なんとかできるものなら、なんとかしたい気持ちはあるのだが、これが精いっぱいなのだ。

（ルイーゼロッテも顔だけは好みなのに、もったいない……）

本来なら、舌先の動きの加減に至るまで事細かに楽しむのに、集中力も全然だ。

すると、いきなりルイーゼロッテが上から目線で言い放つ。

「フン……無様ね、勇者……こんなことで私を落とせるのかしら？」

「なっ……⁉」

「ルイーゼロッテ！　勇者様になんてことを言いますの‼」

直樹を見下す物言いにマリィが憤る。だが、ルイーゼロッテはどこ吹く風で更に言う。

「もう十分だわ、マリィ。私はこの男に靡《なび》かない……ふたりきりで愛を語り合いましょう」

「こ、この……」

直樹は口元をひきつらせた。

それを目にしたライラは、なにが起こるかを悟って眉を上げた。

（あーあ、やっちゃったあ……♡）

どんなにヘタレているように見えても、ことセックスに関しては勇者を侮っていけないのだ。それで自分たちも痛い目を見た。

（ルイーゼったら。ご主人様のツボを押したわね♡）

敢然と立ちあがった直樹がバサッと上着を脱ぎ捨てる。

「舐めるなよ……ルイーゼロッテ！　そこまで言われたら……俺も引き下がれないな！　マリィのためってのは気乗りしなかったが、お前がヒィヒィ言うのは見たくなったぜ！」

それでも小馬鹿にして、ルイーゼロッテは鼻で笑う。

「フン……ご自慢の性器がそのありようで、私とマリィの仲を引き裂けるとでも？」

「そんなものありませんわ……」

と、やるせない顔をするマリィだったが、もはや完全に蚊帳の外となっていた。

直樹とルイーゼロッテの間で視殺戦の火花が散る。

「ふっ……随分と余裕そうだが……果たして俺の攻めに耐えられるかな？」

「……なんですって？」

「さっきのお前のフェラ……やる気がないだけでなく明らかに経験不足。ベッドの上では百戦錬磨の俺に勝てる訳がない！」

吸血鬼の女王の腕を取り、どさりとベッドに横たえさせると直樹は彼女のドレスを捲《まく》り上げた。透き通るほどの白い肌に、黒のショーツとガーターベルトが艶めかしい。

「フン、バカバカしい……人間風情が。私は千年の時を生きる吸血鬼の女王よ……経験の差で勝とうだなんて、思い上がった浅はかな考え……」

しかし、余裕はそこまでだった。

唾液をたっぷりと含ませた直樹の舌がクロッチの布地の上からじゅるりと舐め上げると、ルイーゼロッテの身体が大きく跳ね上がった。

「ひんっ⁉　なっ……⁉　あっ……あぁっ……」

「なんだ、思った以上に感度が良いな？」

「う、うるさい！　少し驚いただけ……！　あ、あ……っ」

強がっても身体の反応までは隠せない。

直樹は手を緩めず、開かせた両の太腿を抱きかかえて固定し、舐めまくる。

それにしても、小作りで上品な鼠径部だ。感触もふんわりとしていて可愛らしい。

舐め始めたときには湿り気のなかったショーツは、今やどろどろになってしまっていた。

それは、直樹の唾液のせいだけではないだろう。

(よし……そろそろだな)

ショーツに手を掛け、恥部を晒してやる。

「あんなこと言ってた割にはビショビショじゃないか……」

それは、ちんまりとした愛らしい肉割れだった。陰唇のはみ出しもない。生娘のようなマ○コだ。その裂け目の奥から滲む半透明のとろりとした秘液が、誘うように滴る。

「へへ……綺麗なピンク色だな」

奥までよく見えるように拡げて指を挿れる。

濡れ具合からして、いきなり二本でも問題ないだろう。

「やめ……！」

「ダメですわよ、ルイーゼロッテ。勇者様の言う通りになさい」

「うぐっ……」

マリィも調子が出て来た。

愛する者に命じられ、耐えるしかないルイーゼロッテの膣内を直樹はまさぐる。

ぬるっ……ぬるぬるっ……ぐちゃぐちゃぐちゃぐちゃ！

「ひあっ……!? あっ……あああぁっ……!!」

弱い所を探そうとしたのだが、その必要はなかった。初めて体験する膣内への刺激に、ルイーゼロッテは過敏に反応した。少し指を動かしただけで面白いように悶絶する。

「ダメ……ダメダメぇ……!! ああっ……あああああっ！」

びくびくと全身を痙攣させ、それでも醜態を見せまいと顔を真っ赤にして堪える彼女を存分に可愛がる。緩急をつけ、快感を強めたところでお預けして物足りなさを憶えさせ、手を休めたかと思えば激しくし、指マン調教だ。

すると、膣内の粘膜の狭まりに指先が引っかかった。

「おっ……もしかして、これ処女膜か？」

「なにをしてる、勇者……ぁ……!!」

「千年も生きててマジで一度も経験ないのか？ これだけ感度が良いのに可哀想に……」

破らぬようにして指を抜き差しすると、初めての感触にルイーゼロッテが身悶えする。

「ひっ……!! ああぁっ!!」

「すぐ気持ち良くしてやるからな」

「ちょ……調子に乗らないでよ……勇者ぁ……‼　あっ……ああっ　ひっ……ひぅ……」

初めて知る女の快感。悔しそうに喘ぐその顔がたまらない。

直樹は、ますます調子に乗って追い立てた。身をよじるルイーゼロッテを巧みに誘導し、四つん這いの姿勢をとらせていく。

差し出した尻を掴まれ、為す術なく膣を弄られる彼女の姿に、もはや女王の尊大さなど微塵《みじん》も残っておらず、哀れな家畜となり果てたかのようだ。

「あ……ああっ、だめっ……だめぇぇぇっ！」

ぷしゃあああああっ！

ひときわ大きな声が上がり、秘裂から盛大にはしたない液体が飛び散る。

「おっ……とうとう潮吹きやがったな……」

「あーらら♡　派手にイッたわね、ルイーゼ♡　千年生きてて初めての絶頂じゃない？　まさかアンタのこんな姿が見れるなんてね～♡」

「う、うるさい……！」

直樹とライラの煽りに言い返すも、初めて味わった快感への戸惑いの色が隠せない。

「さぁて、そろそろ本番といくか……」

お遊びはここまでだと直樹が肉棒を振りかざす。

背後に異様な気配を感じて振り向いたルイーゼロッテは目を見張った。

「なっ……⁉　なによその大きさ……⁉　さっきと全然違うじゃない……‼」

「そりゃあこれだけ反応が良けりゃな」

「ご主人様のオチンチンは最高なんだから♡　あたしのときはもっと凄かったわよ♡」

と、ライラが自分が堕とされたときを思い出して言う。

「確かに、あのときは魔法もかかってたからな……でも、これも負けてないぜ！」

「ひぅっ⁉　まっ……待て待て‼　そんなの入らな……‼　あ……あぁ……」

問答無用。逃れようとする吸血鬼の肉裂に復活の剛棒が侵入する。

「い……やぁ……あ……あっ……がっ……」

みちっ、みちっ……みちみちみちっ……ぶちぃっ！

千年の純潔を突き破り、みっちりと閉じきった初モノ膣道を男の形に馴染ませる。

「おぉ……これは……⁉」

直樹は驚いた。ルイーゼロッテの膣内の感触はまるでシルクのような滑らかさだった。

女性器の肉襞の感触は——つぶつぶ感や、ざらざら感というような個人差がある。

沢山の女たちとのセックスで学んだことだ。

吸血鬼の女王のマ○コは、これまで味わった、どんな感触とも違っていた。

（す、滑るっ……っていうか……う、うおおおっ⁉）

突けば、するっと奥まで肉棒が進んでしまう。絡みつくような感触が一切ないマ○コ。

いや、そうではない。これは、肉襞が異常に細かいのだ。通常の、人間を基準としたら、
その何百分の一という緻密な襞をもつ膣壁《ちつへき》なのだ。

つまり、絡みつく肉襞の数は数百倍。しかし、微細すぎて、それが絹の質感を生み出している。超解像度……そう言ってもいいだろう。

突き込むうちに、その細やかな絡みつきが感じ取れるようになってくるとクセになる。

「なんて上質な感触だ……‼　さすが千年モノの激レア処女……‼」

ずっちゅ……ずちゅっ……ずちゅっ、ずちゅっ、ずちゅうっ！

激レア、まさにそうだ。このマ○コの感触はただ唯一の存在、吸血鬼の女王だけのもの。

千年間、誰も味わったことがなく、そしておそらく、これからも、自分しか知ることのない超ＳＳＲ！　そう思うと、ますますヤル気が湧いて来た。

夢中になって未開の恥肉に快楽の悦びを刻み込むと、ルイーゼロッテが震える指先を、シーツの深くまで食い込ませる。

「う……ぐ……は、離せぇ……」

「へへ……嫌そうな顔もそそるぜ……そらっ、どんどん激しくするぞ‼」

「まっ、待て……‼　あっ、あぁぁ‼　お、覚えてなさい……勇者……ぁ……」

「そう言いながら、マ○コがヒクヒクしっぱなしだぜ」

「う……うるさ……」

抗おうとしても、ペニスが胎の奥底まで突き刺されば、支配されてしまうのが女の身体だ。ましてや、勇者の特製チンポである。

ずぷっ、ずぷっ、ずぷぷっ……

「あああっ……!!　あっ……あっ、んんんっ……!!」

のしかかる直樹の体重が、今、この男にわからせられているのだと、いっそう強く感じさせる。屈辱を受けながら、肉体に与えられるのは快感……その矛盾にルイーゼロッテは頭がどうにかなりそうだった。

(こっ、これが男の……う、うう……勇者の……！　これほどとは……あ、ああっ！)

ぷしゅっ！　ぷしゅううっ！

「おっ、また潮吹きやがったな……」

心では受け入れまいとしていても、肉体は完全にチンポに屈服してしまっていた。

アクメに襲われ、蜜水が可愛らしく断続的に噴出するのを止められない。

「感度も良いし、キツキツだし。ますます落としたくなってきたぞ」

「調子に乗らないで……これくらいで私が屈するわけ……」

そう言いながらも、すでに涙目。もちろん、だからといって容赦する直樹ではない。

「へへ……その強がりがいつまで持つかな……？」

今度は彼女を仰向けにして抱き寄せ、思い切り目を合わせる。

「なっ……!!」

処女には刺激が強すぎる抱き方だ。

「こ、こんなの……慣れれば……大したことないわ……いくらやっても無駄なんだから!!」

頬を赤らめたルイーゼロッテが、それでも減らず口だけはどうにか叩いてみせる。

「おいおい、まだ射精もしてないだろ。おかげで精液もたくさん出せそうだ。果たして、お前に耐えられるかな……」

「た、耐えてみせるわ……マリィのためにぃ……」

「じゃあ、中出しで契約上書きしてやるから俺がご主人様になったら沢山ご奉仕しろよ‼」

直樹は彼女を押さえつけたまま腰を高々と上げると、垂直に打ち下ろした。

処女にいきなり種付けプレスだ！

ずずんっ！　ずんっ、ずぷっ！　ずちゃぁあっ！　ずぷ、ずぷ、ずぷぅううっ！

「んあああああっ……あっ……やっ……！　お、お……あぁ……あ……頭が真っ白に……」

ルイーゼロッテの性感の高まりと共に、直樹の精嚢にも震えが走る。

射精管へと送り出される子種たち。海綿体に流れ込んだ血流が肉棒を更に太く硬くする。

（おぉ……すげぇ……）

かつてないほどの射精量の予感は正しかった。

どっぱああぁあぁぁあっ！　どくっ、どくっ、どくん！　びゅるるるるうぅぅっ！

びゅぶ、びゅぶぶ、ぶりゅりゅりゅっ……びゅぱああああぁぁぁぁぁぁっ！

「んんっ……んああッ！　ああああ～～～～～～～～～～っ！」

処女の子宮が初めて満たされる。注がれる熱濁に、ぶるぶると蠕動する。

亀頭の先に伝わる子宮口の感触は、身動きできないルイーゼロッテの全身の痙攣と完全に一致。オーガスムスの瞬間、物凄い力で直樹にしがみつき、吸血鬼の女王は陥落した。

すると――

「はぁっ……はっ……んんっ……」

「ぬおっ……⁉　おま……なにを……‼　お、おぉ……こいつ血を……あ……あぁ……ぁ」

抱き着いた直樹の首筋に、ルイーゼロッテが犬歯を突き立てる。

「ちょっと⁉　なにしてますの⁉」

「あいつ……やっぱりまだ敵対してたわけ⁉」

「いえ、多分、あれは吸血鬼特有の愛情表現……」

慌てるマリィとリュゼにライラが説明する。

「吸血は痛みより快感の方が凄いらしいから……。中には虜になって何度も吸われたがる人間もいるとか……」

実際その通りだ。血を吸われているのに、それは今しがたの射精の快感と同等の快楽を直樹にもたらしていた。

「う、うっ……‼　か、身体の上と下から……同時に……吸い取られる……おっおぉ……んんんぅ……」

一瞬だけでなく、持続的な分、単純な射精よりも、もっと凄い。

（こ、これ……うおおお！　ヤバいんじゃ……？）

頭が真っ白になるのは、今度は直樹の番だった。なにしろ絶頂し続けているようなもの。いや、それ以上か。繰り返すのではなく、一回の絶頂が終わらず永遠なのだ。

まさしく、不死身の種族、吸血鬼ならではの求愛行為。

しかし、こちらは勇者とはいえ、生身の人間なのだ。この快感は危険すぎる！

と、命の心配までしかけたとき、ようやくルイーゼロッテが、がくりと頭を落とした。

失神したのだ。

「勇者様……大丈夫ですの……？」

心配して身を寄せるマリィに手を振って無事を伝える。

だが、実際、ヤバかった。なんとか快感に耐えられたのは、昼間のお風呂エッチの際に、媚薬がキマッて射精が止まらなくなるのを体験していたからだ。

ともあれ、すんでの所で助かった。今は心地良さの残滓《ざんし》がふんわりとあるだけだ。

「あぁ……気持ち良すぎて、また勃起しちまった……」

絶頂時に吸血して相手に快感を与え、更なる性欲を増進する。

考えてみると理に適っている。だとすれば、吸血鬼同士のセックスはもの凄そうだ。

「ところで……契約は、ちゃんと上書きされたのか？」

「うう～ん、気絶しててわかりませんけど……気持ちよくしてきたということは、きっと成功ですわ！」

確かめる術もなく、マリィは困った顔をしたが、最終的に、いつもの楽観的観測に落ち着いた。まあ、一件落着というところか。

「ふう、疲れた……」

ひと仕事を終えたし、勇者としての体面も立ったし、肩の荷が下りた感じだ。

が、しかし――

「よ～やく終わったわね」

「えっ？」

ひと仕事終えた気分は直樹だけだったようだ。何事もなかったようにリュゼが言う。

「それじゃ、勝負を始めるとしましょうか……♡」

「んふふ♡　あたしも本気出しちゃうよぉ♡」

「勇者殿……姫様のため、全力でいかせてもらうぞ」

しかも、待ちきれぬとばかりに、いそいそと下を脱ぎ出しているではないか。

リュゼとライラのみならず、リオノーラまで！

「ちょっ、ちょっ……お前ら！　見てただろ、もう限界なんだってば！」

「そのチンポで？」

「うっ‼　こ、これは……あくまでも吸血の効果で……あの……少し休憩を……」

「ダメよ、もう散々待ったんだから」

と、リュゼはにべもない。

「そうそう♡　あんなに見せつけられちゃったらね～♡」

「頑張ってくれ、勇者殿……」

わー、全員、聞く耳もってくれなぁい！

そんなこんなで――五戦目。

最終組とのエッチが始まった。

「う……う……」

寝台の上で半裸の美女たちに囲まれ、前から後ろから押し寄せるおっぱい、かまわれる肉棒。通常なら超絶的に男のロマンなのだが……いかんせん、体力ががが！

なにより驚いたのはリオノーラの態度だった。

直樹を後ろから抱きかかえ、耳の裏を舐めてくる。

(こいつ、こんなに積極的だったっけ……？)

ねちっこく、こちらの反応を窺うようなねぶり方。

彼女の方からこんな風に迫ってくるのは初めてのことだ。

「ちょっとぉ、元気出しなさいよ。これから四人とするのよ？」

リュゼは横からしなだれかかって、ここぞとばかりに乳房を押し当ててくる。

「そりゃ、俺だってヤリたいけど……もうあと何回射精できるのか……」

「じゃあ、ずっと我慢してなさいよ～。これまで散々楽しんだんでしょ？　アンタにはね、全員を満足させる義務があんの、私らがいいって言うまで射精しちゃダメよ」

そう言いながら、鈴口を人差し指で優しく擦る。なんというアメとムチ。

ライラにいたっては下腹の淫紋を誇示するかのような、極小面積のスキャンティを見せつけて、わくわくと顔を輝かせて肉棒をしごいている。

「さすがに辛そうだねぇ、ご主人様♡」

「そう思うなら、休ませろよ……」

「うふふふ♡　だって、吸血効果でガチガチのチンポを味わえる機会なんてないものね♡　ルイーゼに感謝しなくちゃ♡」

「お前……」

つまるところ、彼女たちは直樹としたくて、したくて、たまらないのだ。

「皆さん、先に始めてズルいですわ」

三人に気圧されたか、マリィだけは乗り遅れた感がある。

まあ、色々と大変だったたから無理もない。

「それで、順番はどうしますの？」

「じゃあ、ジャンケンで決めよっか♡」

ライラの提案に、異世界にもジャンケンあるのかと思っていると、横でリュゼも同じ顔つきをしていた。どうやら、魔族がジャンケンをするのを知らなかったらしい。

なんにせよ、そこは争わず、女たち四人は（王女も含めて公平に）仲良く拳を開いた。

「……ッポイ」

結果、一番手の座を射止めたのはリオノーラだった。

「姫様、申し訳ありませんが、お先に……」

と、言いつつも、ジャンケンに勝った瞬間、彼女が小さくガッツポーズをしていたのを直樹は見逃さなかった。

「やったぁ♡　あたしは二番目♡　よろしくね、ご主人様♡」

次にライラ、そして、リュゼの順だ。

「はー、三番目か……途中で射精しないでよ？」

「わたくしが最後ですのね……」

マリィは落胆を隠せない。だが、文句は言わないようだ。

「では勇者殿……よろしく頼むぞ……」

「リオノーラ……」

女騎士が、直樹の前で恥ずかしそうに下着を降ろしていく。

が、ショーツのウェストサイドに指をひっかけ「ここを見て」と言わんばかりに秘部を露わにしていくその脱ぎ方は誘う気満々だ。クロッチ部に恥液が糸を引いて垂れ落ちる。

（エッ……エロ……）

禁欲的な詰め襟の黒いトップスとハイソックスに、腰回りだけがすべてを曝け出した姿が淫靡この上ない。

しかも、頬を上気させているのは羞恥のせいだけではないようだ。急に艶《あで》やかになったその瞳の色、むわっと立ち昇る牝の匂い。発情しているのが丸わかりだ。

「大変だと思うが頑張ってくれ……少し、その……激しくしてしまうかもしれんが……」

そう言って、リオノーラは対面する直樹の首に腕を回し、ゆっくりと腰を落としていく。

ずぷ……ず、ずずっ……

吐息も甘く、じっくりと挿入を味わう腰づかいだ。

「はぁ……♡　うっ……」

「う……ぅ」

ねっとりと蜜に溢れた膣肉が肉棒に絡みつき、リオノーラとひとつに繋がっているのを強く感じさせる。ずしりと顔に被さる、ふくよかな胸の重みもたまらない。

「お……おぉ……♡　これ……♡　これが欲しかったんだ……♡」

肉棒をずっぽりと収めると、うわずった悦びの声を上げて、リオノーラが動き始めた。

「ふふ……特訓の成果を試させてもらうぞ……♡」

「えっ……？」

前倒しに体重を預けて来た彼女は、はしたない高低差で接合部を上下させる。ぐっぽ、ぐっぽと、たてる音も破廉恥だ。

「んっ……んっ……んんっ……」

肉棒を胎内の急所に当てようと探るその動きもいやらしく、直樹に快感をもたらす。

「おっ……おぉ……リオノーラ……なんか前より上手くなって……」

「ふっ、ふふ……このときのためにひとりで練習していたからな♡　いつまでも攻められてばかりではないぞ……♡　私は負けず嫌いなんだ……♡」

あの真面目なリオノーラが自分とのエッチのために特訓を……！

しかも、女盛りの二十六歳。色恋沙汰とは無縁の人生を送って来たせいで、濃密に熟成された肉体が開花している。その蒸れた身体は心地良すぎた。

おっぱいを直樹の顔面に押しつけたかと思えば、今度は揉ませるために手を導く。

エッチを憶え、その淫乱で男を惑わすことを知った、大人の女の手管だ。

(ううっ……す、凄ぇ良いっ！　こ、こんなの我慢なんて……できない！)

女騎士の自己表現に感激して、射精管がぶるると震える。

「なにイこうとしてんのよ！」

「ぬおっ⁉」

直樹の吐精の気配を嗅ぎつけたリュゼが肉棒の根元を掴んで止める。なんという荒技！

「我慢しろって言ったでしょーが。ここで出したら、次やれるかわからないでしょ」

「んぐっ……」

ぎゅうっと握り締められて、直樹は呻いた。爆発しそうなこの状態で我慢を強いられるなんて殺生な！　だが、耳元でひっそりと優しく囁かれたひと言が効いた。

「みんなとエッチしたいなら……我慢しなさい」

(くうぅっ……)

そんな風に言われては耐えるしかない。必死で堪えて、リオノーラを突き上げる。

ずぷっ、ずぷっ、ずん、ずんっ！　ずっ、ずっ、ずん、ずんっ！

後ろから抱きつくリュゼとのサンドウィッチ状態で、これでもかと打ち抜いてやる。

やがて、リオノーラはぎゅっと直樹にしがみつき、声を上げることしかできなくなった。

「あんっ♡　ああっ、ああ、いくっ！　勇者殿のチンポに負けてしまう！　あはあっ……ああっ、でもっ……気持ち良い……これ……んああ、これ好きぃ……っっ♡♡♡」

底なしの蜜の沼と化した膣に引きずり込まれ、肉棒が溺れていくようだ。すでに何度もイッているのだろう、イキながら、ぎゅうう、ぎゅるると締めつけて、そしてようやく、リオノーラは気を放った。

「あっ、ああっ♡　イクッ♡　いく、いくっ、いくぅ……くっ、いくうううぅぅぅぅぅっ！」

「うっ……おぉ……これは……俺も……イッ……イク……ぅ……」

かろうじて踏みとどまったものの、一向に緩まぬ彼女の膣道からチンポを引き抜こうとすれば、それだけで射精してしまいそうだ。

「ほらほら、耐えて！」

またしても、リュゼが根元を握ってサポートする。

「はぁ、はぁ……どうだ？　き、気持ちよかったか……？　勇者殿……♡」

どうにか身体を離したあと、女騎士が自分の身体の感想を尋ねるその表情は、なんともいえない愛らしさがあった。以前の彼女にはなかったものだ。

（リオノーラ……）

感じるものがあって、つい、その顔に見とれてしまう。

だが、余韻にひたる間もなく二番手のライラが跨ってきた。

「じゃあ次、私ね～♡」

ご主人様であることを直樹に思い出させるかのように、淫紋を見せつけての挿入だ。

ぬるっ……ぬるるるるんっ！

「あー……すっご……♡　ご主人様のオチンチンってさぁ……♡　イクの我慢してるときが一番気持ちいいよね♡」

ずっぷん、ずぷぷん、ずぷずぷ、ずぷぷっ！

リオノーラの情熱的なのとはまた違う、激しすぎるアップダウン。

さすがは淫魔、自分とのセックスが一番になるよう、印象づける術を知っている。

その上、マ○コも極上ときている。リズミカルな律動で肉襞がゾゾゾと押し寄せる。

「がっ……ま……待て……!!　イクッ……イッちゃうって……!!　あっ……あぁ……!!」

膣内でどくんとペニスが跳ねて、先走りが漏れる。だが、その瞬間にライラはすかさず動きを緩め、コントロール抜群だ。射精管理において淫魔の右に出る者はいないだろう。

「おっと……♡」

「ちょっとぉ、イッちゃったんじゃない？」

と、リュゼが口を尖らせる。が、ライラは余裕綽々だ。

「だいじょーぶ……♡　ギリギリセーフだから……♡」

「少しは手加減しなさいよね」

「はい、はい♡」

お小言も、エッチの最中は気にならないようだ。むしろ上機嫌で再び腰をくねらせる。

大の字に寝かせた直樹の上で、滑るように前後する接合部。妖しく踊る淫魔の裸身。

「ご主人様は動かなくていいからね♡　あたしがずーっと寸止めの状態で維持したげる♡」

「あっ……‼　がぁっ……‼」

直樹は完全にまな板の上の鯉だ。と、いうよりマグロか。何もせずとも、まるで自分が突きまくっているのかと錯覚するほど、男本位の速度で腰を上下する。

「ほらっ♡　ほらっ♡」

「ほう……大した技術だな」

リオノーラが感心して目を丸くする。

やがて、ライラはぐっと身を乗り出すと、直樹に抱き着き完全に押し倒した。

「ちょーっと我慢してね、ご主人様♡」

「おっ、おぉお……」

密着状態から高々と尻だけ持ち上げ……根元まで咥え込んでいた肉棒をズルルと一気に亀頭ギリギリまで引き抜き、そこからまた滑り下ろす。リハネラの夜の営みで初めてこの技を食らったとき、直樹は彼女のこの技をこう名づけた——高層エレベーターと。

ぬるぬるぎゅぷっ、ずるるんっ！　ずぷんっ！　ぬるるんぎゅぷぅ、ずるるんっ！

「うっ、うぅ……駄目だ！　イッ……イクぅ……‼」

だが、出そうになった瞬間に、ライラは絶妙に動きを止めるのだ。

「はい終わり～♡　まだまだお預けだよ♡」

愉しむだけ愉しみ、それでいてアクメもしないで、他の女たちに格の違いを見せつける。

「う……あ……」

「やーん♡　苦しそうにしちゃって可愛い～♡　それじゃ、あとふたり、頑張ってねぇ♡」

交替しないで欲しい。もっとライラの膣内にチンポを預けていたい……。

悶絶する直樹の頬をライラはピタピタ叩き、これではどっちがご主人様だかわからない。

これは次の順番のリュゼに対する対抗心でもあったのかもしれない。

だが、バトンタッチされたリュゼは、気にする風もなく……というか、もうヤリたくてヤリたくてたまらないという顔をして、上着をたくし上げるのも早々に、たわわな美乳を見せつけながら直樹に飛び乗ってきた。

「はぁ……ようやく私の番ね。二日も我慢したんだから楽しませてもらうわよ」

その言葉に偽りなし。ピンクに輝く濡れた粘膜を二本の指で割り開くと、愛おしそうに肉棒を呑み込んでいく。

ずぷんっ♡　ずぷっ……ずぷっ、ずるるるっ、ずんっ！

「あ、ああん……♡」

咥え込み、それから円を描くように腰をくねらせて、感極まった声を出す。

もちろん、そんなことをされれば直樹だって気持ちが良い。だが、堪ったものではない。

「ちょっ、ま……まじで我慢するのきついんだって……」

「でも、それだけ気持ちいいってことでしょう？」

ライラから引き継いだ騎乗位だが、リュゼが好きなのはしゃがんで直樹の表情を上から覗き込むスタイルだ。直樹の態度は火に油を注ぐようなものだった。

「ほらほら、私の身体で喘ぎなさいよ♡」

リュゼが俄然張り切り出す。言葉で責めながらするのが、ことの他お気に入りなのだ。とろとろの膣内に肉棒を拘束し、ゆっくりと出し入れしながら反応を観察する。

「あっ……ああっ……あ……あとで覚えてろよ……」

マグマのように熱く、ぐちゃぐちゃの胎の中で与えられる快感。許されるならとっくに射精してしまっている。耐えろというのは酷な仕打ちだ。

「ふふん、いつも調子乗ってるからお返しよ」

「やっぱり性格悪いな、お前……うぁあっ」

ずるるる……ずぷんっ！

文句を言えば、黙りなさいとばかりに腰が深々と落とされる。

なんだかんだ言って、実は直樹もSっ気を出したときのリュゼとのエッチは好きだった。

プライドの高いエルフとヤッているというのが強く感じられるし、なによりこの体位は、綺麗でボリューム満点の彼女のおっぱいが寄せては返し、揺れる様が素晴らしい。

それに、こうして憎まれ口を利くリュゼが一番、彼女らしくて可愛いのだ。

「あぁ♡　気持ちいい……♡　ほら、こうやって腰を叩きつけると……♡」

ずんっ！

リュゼもマ〇コはみっちりしている方だ。膣口も小ぶりで狭く、何度セックスしても、その締まりは変わらない。

もはや、しっかり直樹に馴染んだ我が家のようなもの……それが、ただいまとお帰りを繰り返す。しかも、痒いところに手が届くストロークで、突きたい所までを、しっかりと突かせてくれる。

「おぉ……ぉ……い、いつの間にこんな……」

「長いつき合いなんだから、アンタの好みなんて知り尽くしてるのよ……♡　ほらほら♡　アンタが情けなく感じてる顔……みんなに見せつけてやるんだから」

ライラが淫魔の貫禄でマウントをとりに来れば、対してリュゼは古女房の本妻気取りでこれ見よがしな女の勝負を仕掛けていた。

直樹としては、女同士の張り合いとは無関係で、ただただ快楽に酔い痴れるばかりなのだが……それにしても、
ぎゅぽ、ぎゅぽ、ぐちゃっ、ぢゅちゅぽ、ぬぽっ、にゅぽぽおっ！

(ちょ、ちょっと、激しすぎないか⁉　いつもより絶対これ……熱が入ってるだろ！)

ライラとは真逆に、後ろに手をついて仰け反った体勢となったリュゼが、自分の肉裂に呑まれるチンポをばっちりと直樹に見せながら腰を前後に揺り動かす。

これも、直樹の好みを把握した行為。肉棒に押し拡げられ、蜜に濡れた陰唇が、淫らによじれる光景から目が離せない。

おまけに、左右からはリオノーラとライラが胸を押しつけ抱きつき、ペロペロ耳を舐めてくれる。ふたりを両脇に抱きかかえ、おっぱいを好きにしながらの極上エルフのマン肉責めとくれば、どうにかなってしまいそうなほどの幸福感だ。

「ああっ、ああーっ……イ、イキそうだ……」

思わず口にすると、マリィが慌ててリュゼに取り縋《すが》る。

「ちょっと!?　ダメですわよ!!　まだわたくしの番が残ってますの！」

「なによぉ、私だってまだイッてないのに」

「このままじゃあ、勇者様がイッてしまいますわ！」

「はいはい。ま……勝負だから仕方ないわね……」

せっつくマリィに文句を言いつつも、リュゼが珍しく聞き分けが良いところを見せる。

直樹の喘ぎっぷりが良かったためか、上機嫌で気前よく交替を承諾した。

そして、譲られた王女はいそいそとショーツを降ろす。

「さぁ、勇者様……次は私の番ですわ」

「マリィ……」

愛する男に身を捧げるテンションのマリィをよそに、それにしてもと直樹は思う。

(女が次々に目の前でパンツを脱いでくのって、なんか凄く満たされた気分になるな……)

それも極上の異世界美人ばかりだ。女騎士、淫魔、エルフときて、最後は王女様。

こんな体験、普通じゃ絶対あり得ない。

「このときをずっと待っていましたの……こうして、わたくしが動くのは初めてですわね」

さっきまでの剣幕はどこへやら。マリィはえらく殊勝な態度だった。

「満足して頂けるといいんですけど……」

ぴっちりと閉じた肉筋、下半身の生まれたままを晒し、恥ずかしそうに秘唇を開いての、ぎこちない騎乗。それも無理もないこと。彼女にとって直樹は初めての相手だ。

しかも、純潔を捧げた王宮での一夜以来のセックスなのだ。限りなく処女に近い。

だが――

「うっ……あ……ちょっと待ってくれ……イキそう……」

おずおずと腰が沈められ、その肉壺にペニスが呑み込まれていくと、それだけで直樹は音を上げてしまった。そうなのだ。経験やテクでは他のメンバーに劣りはしても、やはり勇者の血を引くマリィはモノが違う。

(先っちょだけで、この気持ちよさ……こいつ相変わらずの名器……!!)

ルイーゼロッテの処女マ○コも凄かったが、マリィのはまた別次元だ。

膣肉そのものがとろける味わい。しかも、膣内の襞と襞の間の溝がはっきり感じ取れる。

少し深く進むだけで、何本もの濡れた筆先でなぞられているかのような、ぞわぞわした快感が肉棒を走り抜けていく。

「まぁ！　ちゃんと気持ちいいんですのね？」

「なんか悔しいけどな……」

そこは認めざるを得ない。本当にこれで性格さえ良かったら……。

天は二物を与えずか、などと自分を棚に上げて直樹は思う。

「ふふ♡　それじゃあゆっくり動いて差し上げますの♡」

肉棒を深く咥え込んだまま、マリィが控えめに身体を揺すり出す。

にちゅ……ぎゅぷ、ぎゅぷっ……くちゅ……

「あ……あ……」

「わたくしには、いつでも射精してよろしくてよ♡」

その動きは本当に拙《つたな》く、児戯に等しいものだ。

しかし、極上マ○コはそれすらも、超絶テクニックに等しい快感にする。

と、そのとき、ソファで寝かされていたルイーゼロッテが目を覚ました。直樹に跨り、
嬉しそうに腰を動かしているマリィの姿を見て立ち上がる。

「私にあんなことして放っておくなんて……酷い人たちね……」

「ルイーゼロッテ！」

一瞬、リオノーラが身構える。が、心配は不要だった。

「あんな快楽を教えたんだから……貴方には責任を取ってもらうわよ……」

そう言って、彼女はスカートを自らたくし上げると直樹の顔面に騎乗した。

「むおっ！」

無毛の恥丘をぺちゃりと押しつけられて、直樹は呻いた。

「フフ……沢山楽しませてちょうだい……♡」

「あーあ♡　また相手が増えちゃったね、ご主人様♡」

ライラが楽しそうに言う。

「うぐ……」

かぐわしい女の恥臭が鼻腔を満たす。千年生きたと言っても身体は少女。幼い割れ目は舌を這わせればツルツルで最高だ。

「あぁ……いいわ……♡　もっと舐めなさい……♡」

（ルイーゼロッテ……ここまで積極的になるとは……）

さっきまで処女だったのに、自らクンニを求めるなんて。

だが、そういう探求心は嫌いじゃない。応えるように、クリトリスを舐め上げてやる。

すると、彼女はうわずった声を漏らした。

「んんっ……♡」

その様子にマリィは複雑な気持ちながらも、ほっとしたようだ。

「邪魔されたのは癪ですけど……ちゃんと勇者様の能力が働いたようですわね……これでひと安心……」

しかし、その言葉は困惑とともに途切れることになった。

「ルイーゼロッテ？　ちょっと顔が近い……うんんっ⁉」

身を乗り出した吸血鬼の女王が、熱烈な接吻でマリィの口を塞いだのだ。

「んっ……♡　んっ♡」

「なっ……んんっ……⁉　なっなな……なにを……⁉」

唇を奪われたばかりか、舌まで入れられてマリィは仰天した。驚きすぎて抵抗もできず、されるがままに口内を弄ばれる。

「な……なんだ……？　締めつけが強く……」

ルイーゼロッテのスカートの中に顔がある直樹には、何が起きているのかわからない。

だが、マリィの膣圧の変化は異変を十分に伝えていた、

「言ったでしょう、私たちの絆は永遠だと♡　たとえ勇者に身体を許しても心は別……♡」

ぴらり、とスカートをまくりあげ吸血鬼の女王が下腹を見せる。

すると、そこにはライラと同じ淫紋が浮かんでいるではないか！

「な……な……⁉」

マリィは直観的に、それがルイーゼと自分の絆を示すものと感じ取った。

もちろん、マ○コに顔を埋めてクンニ中の直樹には見えていない。

「そろそろイクぞ、マリィ……」

「お、お待ちになって‼　もう一度ルイーゼロッテに……」

しかし、事態を呑み込めていない直樹の突き上げが彼女を黙らせる。

勇者の名器《ペニス》と勇者の名器《ヴァギナ》が互いに快感を増幅する。直樹のチンポは、マリィのマ〇コとなり、マリィのマ〇コは直樹のチンポに。淫らに組み合わさった、ひとつの器官のように蠢き、男の興奮と女の悦びが激しく溶け合う。

「ひっ♡　あっ♡　んあぁ……♡　ああっ……駄目ですわ！　先に、ああ、あああっ♡　先っ…ルイーゼ……あっ♡　ひゃぅ……ん、契約ぅっ……ん♡　ああっ♡　あああっ♡♡」

マリィがなにか訴えているようだったが、我慢の限界。

絶頂する名器に絞られるがまま、一気に白濁をぶちまける。

どくっ……びゅるるるるるっ、ぶぴゅ、ぶびゅぷ、ごぷごぷごぷぅっ！

沸騰する爆液を子宮に思い切り浴びて、マリィの身体が弾かれたようにピンと反る。

ぐったりとなった彼女を支え、胎内からチンポを引き抜くと、膣口との間にねっとりとしたザーメンの吊り橋が架かった。

「あぁ……気持ち良かった……」

焦らされまくった挙句の大放出をキメることができてすっきりした。

(それに、これでようやく争奪戦も終わり……最高だったし、今夜はぐっすり眠れそうだ)

と、そこに、いまだ余韻の冷めやらぬマリィが、それでも必死に縋りつく。

「まだですわ、勇者様!!　ルイーゼロッテにもう一度精液を注いでくださいませ!!」

「え？」

「意地でも続けていただきますわよ!!　んんっ……ん……んんぅ……」

と、すぐにでも直樹を奮い立たせようとお掃除フェラを始める王女。

「ぬおっ⁉　お……おぉ……も、もう無理だって……」

ぐぽっ、ぐぽっ！

下品な音を立てる高貴な口奉仕はエロすぎだが、それでも体力には限界というものが、ものが……あ、ああっ……！　なにこれ、超気持ち良い！　マリィは口も名器なのか！

その様子を傍観するリュゼが、ライラに尋ねる。

「なんだか知らないけど……結局、契約の上書きは無理だったってこと？」

「まぁ、そりゃそうだよね～。魔族と人間の契約はそう簡単に破れないから……」

「お、お前ら、他人事みたいに言ってないで止めてくれよ！」

「まぁいいわ、さっさと続き始めましょうか」

「なっ⁉」

ライラもリュゼも、止めるどころか、残った服を完全に脱ぎ捨て全裸となる。

「お……おい、さっきので終わりじゃ……」

「誰もそんなこと言ってないでしょ？　私たちが満足するまで続けるのよ♡」

そう言って、リュゼなどはマリィに協力してダブルフェラまでする始末。

「うぅ……結局契約はそのままですのね……」

「アンタもいい加減あきらめなさいよ」

「マジかよ……あ、うっ！」

反論は、お姫様とエルフの舌使いによって封じられた。

「そうそう♡　せっかくルイーゼも加わったことだしねぇ♡」

と、先輩風を吹かせてライラがルイーゼを誘って添い寝する。

「ずいぶん苦しそうだけど……もう少し楽しませてもらえるのかしら……？」

「大丈夫よ♡　男ってね、こんなになってからが本番なんだから♡」

「ふ……観念するしかないようだぞ、勇者殿……♡」

リオノーラまでもが仲間に加わり、下乳を直樹の顔に乗せてくる。

五人がかりの大奉仕に、弱音を吐いていたチンポもついには勃ち上がった。

「ほら……時間かければちゃんと勃つじゃない。さっさと勝負の続きやるわよ？」

「こうなったら仕方ありませんわね……せめて勇者様だけでもいただきますわよ」

マリィも、もうルイーゼロッテのことはあきらめて、勝負に専念の構えだ。

おしゃぶりに全力を注ぎ始め、勇者の血統の極上口マ◯コで直樹を悶絶させる。

「勇者様、ずいぶん苦しそうですわ……」

「逆よ、気持ち良くて、よがってんの」

「ぐおおっ……おっ……おおっ！　お前ら……！」

一度は全員で旅するのもいいかと思ったが、さすがに考えを改めた方が良さそうだ。

リュゼとマリィに抱き起こされて、リオノーラにバックから挿入させられた直樹は、甘い喘ぎを上げる女騎士を、息も絶え絶えに突き続ける。

気持ち良い……気持ち良い、けど……！

頭はクラクラで、意識はもうはっきりしない。

「ほら、今にもイッちゃうわよ」

「うっ……う……」

リュゼの言う通りだ。このまま昇天する。天国に行っちゃう！

「あら……本当ですわ」

「情けないなぁ、ご主人様♡」

どぷっ……びゅるびゅるっ！　びゅぷぷ、ぶびゅる、どくどくっ、ぶぱあっ！

リオノーラの温もりの中に吐き出すと、女騎士は満足そうに笑みを浮かべた。

「はぁっ♡　ふふ……らしくないな、勇者殿♡　もっと注いでくれていいんだぞ♡」

もちろん、それで終わらない。今度は、ルイーゼロッテがお尻を突き出し、おねだりだ。

「も……無理……」

「あたしに任せて、ご主人様ぁ♡」

ライラが直樹の尻穴に優しく指を侵入させる。ドロテアも使った前立腺刺激による強制勃起だ。すかさず、リュゼが直樹の腰を支えて吸血鬼の入り口に導く。

ぎちゅっ……ぬちゅぬちゅ……ぐむにゅっ！

「う……お、やっぱり……す、凄……キツっ……」

千年処女のキツキツマ○コは健在だった。しかも屈服したことによって、わだかまりがなくなったせいか、今度は彼女の方から膣全体をひくひくと動かし搾ってくる。

「まったく、不思議なものね。さっきと同じことをしてるのに感じ方が全然違うだなんて……ところで、私も段々と要領がわかってきたわよ、勇者……」

「なに……？」

「ほらこうやって……」

ぐいっ……きゅきゅきゅきゅきゅううううぅぅぅっ！

ルイーゼロッテが括約筋を全力で締めながら、ぐいぐいと腰を動かし始めた。

それもまた、今まで味わったことの無い快感だった。

「血を吸うのと同じなのね……相手の体液を吸い出すイメージ……」

いや、なんか知らんが、そりゃ吸血鬼ならではのってことなのか⁉

確かにそうだ。これは……吸われている！　射精を促し、搾り取るための動きだ！

「ちょっ……‼　そんな……動いたら……‼　イクッ……‼」

びゅぷっ！　どぷどぷどぷどぷっ！　ぶぴぶぴ、どぷっ、どぷっ、どぷうっ！

「んっ……♡」

吸血鬼の女王は熱濁が注ぎこまれる感覚に目を閉じて恍惚とする。ついさっきまで処女だったとはとても信じられない官能への順応力だ。

「ご主人様をイカせるなんて……やるじゃない、ルイーゼロッテ♡」

すぐさまライラが仰向けになり、開いた脚で直樹を捕まえる。

「ほらほら、フニャチンでもいいから頑張ってよ♡」

「後で回復したら覚えてろよ、ライラ……！」

「やーん、ご主人様にお仕置きされちゃう♡」

後ろからはリオノーラに抱き着かれ、サンドウィッチ状態での挿入。背中には女騎士のおっぱい、チンポは淫魔の秘奥《ひおう》に埋没し、女、女、女……肌に触れるものはすべて女だ。

「それじゃ、これは耐えられるかなぁ♡　搾り取りすぎちゃったらごめんねぇ♡」

「えっ　まっ……待て……‼　あああああっ……‼」

ライラが直樹を引き寄せるとキスをする。唾液の交換。甘くて熱い、淫魔の体液！

一気に頭に血が昇り、なにがなんだかわからなくなった。性欲だけが直樹を支配する。

淫魔の膣内が激しくうねり、ペニスに命じる。射精せよ、と。

ぎゅぷ、ぎゅにゅるるるっ、にゅくにゅくにゅくうっ！

「あ……あっ……うあああああっ！」

ぶぴゅううううううっ！　どぷっ、どぷん、どぷんっ！

波打つ恥肉が肉棒を握り締める淫魔の搾精。無様な声を上げて直樹は果てた。

「あーん♡　久しぶりのご主人様のザーメン……やっぱ最高ね♡　ごちそうさま～♡」

官能の魔物、吸血鬼と淫魔。その攻撃を連続で食らっては勇者といえども、ひとたまりもない。もう、もう……本当に駄目だ。これが本当の限界……。

そう思ったが、次を狙っていたリュゼには、まだ奥の手があった。

なんと、寝かせたマリィに被さって、女ふたりのダブルマ○コを見せつけて来たのだ。

「は、反則だろ……！　こ、こんなの見せられたら……！」

仲の悪かったふたりが手を取り合って……ダブルフェラからの、まさかの伏線回収⁉

しかも、勇者を奪い合う対立陣営の、そのラスボスが揃いも揃って、ねだり汁を滴らせ、ピンクの淫裂を縦に並べて「あなたに決めて欲しいの」と差し出しているのだ。

こんなの……こんなの、奮い立たない男はいない！

「うおおおおおっ！」

ずぷぷふうっ！

直樹は雄叫びを上げて、密着するふたりの下腹の間に肉棒を突き込んだ。

上にリュゼ、下にマリィ。やわらかで、互いの愛液でぬるぬるに滑るその肉肌は膣内と変わらぬ男殺しの肉室だ。

ぐちゃ、ぐちゃ、ずちゅううっ！　ぐぷ、ぐぷぷうっ！

行き来させるとカリの上にも下にもクリトリスが当たって気持ち良い。肉筋も仲良く、ふんわりと肉棒を受け止め、滑らせる。

そして、リュゼに挿れ、マリィに挿れ、マ○コを交互に突き比べる。

ずちゅ、ずちゅ、ずちゅ！　どちゅ、どちゅ、どちゅうっ！

「はぁっ、はぅっ……」

「あーあー、情けない声出しちゃって……♡　もっと激しくしないと満足できないわよ？」

「ちょっとリュゼさん！　勇者様も頑張ってるんだから、失礼でしてよ！」

「いつも調子に乗ってるから良い薬よ♡　それより、そろそろ決着つけないとね……♡

私の方が気持ちいいって……♡　わからせてあげるわ……♡」

「あっ♡　私だって……あっ♡　負けませんわよ……♡」

どっちも本気の勝負締めで膣肉を絡みつかせてくる。どっちも最高だ。

マリィの名器と、直樹を知り尽くす本妻マ○コのリュゼ、甲乙などつけられない。

「ほらほら♡　もっと頑張りなさいよ♡」

「勇者様……♡　もっとわたくしの身体で感じてくださいませ……♡」

「うっ……あ……お前らふたり相手に……そんなにもつわけ……!!　イクッ……イク……」

ぶるるるるっ、どくんっ！　びゅるるるぅっ！

マリィの名器にまたも屈して発射した直樹に、リュゼが顔色を変える。

「ちょっと、ちょっと！　まさか出しきってないでしょうね？」

「たぶん……あと一発だけなら……」

「ふふ……リュゼさん、この勝負、わたくしの勝ちではなくって？」

胎内の精液の熱さを堪能しつつ、マリィが勝ち誇る。

「なに言ってんのよ、まだ終わってないんだから。見てなさい……」

こうなると、燃え上がるのが負けず嫌いのリュゼだ。

「思い切り搾り取ってあげるから……♡」

「まあ♡　それは楽しみですわね♡」

余裕の表情のマリィだったが、リュゼの腰使いが変わったことに気づいていない。

態度も、言葉も、今度は甘やかしモードになっている。

直樹のツボをちゃんと知っているのだ。

媚びるように尻を揺らして優しく膣内に導き入れ、それからゆっくりと控えめに動かしていく。それまでの責めるような素ぶりは一切なくし、ただひたすらに直樹の肉棒に寄り添い、その快感に支配される従順な動き。

「あ……あ……」

心とろかすその奉仕に、たちまち直樹の射精管には次弾が装填された。

「うぅ……ま……またイキそう…」

「あらら♡　もう我慢すらできなくなってる♡」

そして、見守っていたライラとリオノーラは、勇者が堕ちる瞬間を見逃さなかった。

「ほら……最後だからぜーんぶ出しちゃえ……♡」

「ふふ♡　もう我慢しなくていいんだぞ勇者殿……♡　リュゼの膣内に思い切り……♡」

そう囁いて、ふたり同時に直樹の左右の耳へと、そっと息を吹きかける。

「うあああああっ……‼」

ルイーゼロッテにそうしたように、わからせてやりたいところだったが……こんな風にされたら逆襲は無理だ。わからせられたのは直樹の方だった。

どっどっ！　どくっ！　びゅるるるっ！　びゅぷるるるるるるる！

凄まじい勢いで子宮に流れ込んだザーメンに、リュゼは悦びの声を上げた。

「んあああっ♡」

「はぁ……♡　ほら見なさい……♡　情けない顔して……たくさん射精してる……♡」

「なかなかやりますわね、リュゼさん……♡」

そのままバタリと倒れ込み、気絶しながらも幸せそうな直樹の表情を見ては、さしものマリィも、その実力を認めないわけにはいかなかった。

へたばる直樹の勇姿を、女たちが取り囲む。

「もう終わりだなんて、なんだか物足りないわね……」

「相変わらず気持ちよくて素敵でしたわ、勇者様……♡」

「ま、今日はこれぐらいで勘弁してあげる……♡」

「よく頑張ったねぇ、ご主人様……♡」

「ゆっくり休んでくれ勇者殿……♡」

口々に労い、讃えるその声は、夢の中の直樹に届いただろうか。

こうして——

予期せぬ乱入はあったものの、勇者争奪戦は全ての組み合わせを終えたのだった。

第六章　女騎士団長とタイマン勝負⁉

そして夜は明け、四日目——朝。

勇者争奪戦の決着を告げる運命のときが来た。

甲板に集まった一同の前で、まずはセリューから改まった口調で謝辞が述べられる。

「襲撃を逃れることができたのは勇者殿のおかげ……みんなの命を救ってくれたことに、感謝いたします」

「いや、俺は別になにも……」

ルイーゼロッテを虜《とりこ》にしたのはマリィだし……っていうか、それも、狙ってやったわけじゃないし。襲撃を退《しりぞ》けられたのはただの幸運でしかない。

「ふふっ……謙虚だな。だが、それが勇者殿の良いところだ」

「それを言うなら、セリュー艦長だって」

詳しいことは、朝食時にリオノーラから聞いていた。

セリューがつけた印のおかげで、彼女は麻痺の術にかからずに済んだ。そして、敗れはしたものの、その名をマリィが呼び続けたことがルイーゼロッテの自滅を招いた。

だから、一番の功労者は発端であるセリューではないのかとも思える。

「いやいや、私はなにも……あっさりやられてしまって面目《めんぼく》ない」

ははっ、と笑い、セリューはみんなに向き直る。

「さて、勇者争奪戦の結果……立会人として見届けます」

元々の魔王討伐隊メンバーと、王女率いる騎士団。

マリィだけを熱っぽく見つめるルイーゼロッテを除き、全員の目が直樹に集まった。

「勇者殿、発表を！」

セリューが物々しく号令する。

が、直樹の答えは力の抜けたものだった。

「あれだけやっといてなんだけど……俺は今までの皆と旅を続けることにするよ」

「そんな⁉」

ショックでよろめくマリィだったが、彼女以外の誰もがわかっていたことだった。

騎士団の面々も、まぁ、そうですよね……と苦笑を隠せない。

いや、ひとりリュゼだけは、鼻高々にふんぞり返っているので、どうやら彼女はガチで勝負に挑んでいたらしい。

「わたくしたちの身体では満足できませんの⁉」

「それは正直惜しいけど……でも、やっぱり、あいつらと一緒の方が気楽でな」

「勇者様……」

その言葉に、討伐隊のみんなが顔を綻ばせる。

「うぅ……せっかく、ここまで来たといいますのに……」

さめざめと泣き崩れるマリィに寄り添ったのはルイーゼロッテだった。

「可哀想なマリィ……大丈夫、貴女には私がついてるわ。共にレスデアに帰りましょう」

「勝手についてこないでくださいまし!!」

勇者を奪うつもりが、代わりに、とんでもないものを手に入れてしまったようだ。

「でも、お義母様へ、ご挨拶しないと……」

「そんなことしたら怒られますわ！　っていうか、なんの挨拶ですの!?」

夫婦漫才を始めたふたりをよそに、リュゼがリオノーラに尋ねる。

「……それで、あんたたちはこれからどうするの？」

「そうだな……できれば国へ戻りたいが……」

と、言いながら、苦労人の騎士団長は思案顔で王女と吸血鬼に目をやる。

マリィを説得するのも骨だが、ルイーゼロッテを連れて帰るのもいかがなものか。

「それだけは嫌ですわ!!　まだ旅は続けますわよ!!」

聞きつけたマリィが駄々をこねる。

「また、ワガママ言って……」

リュゼは呆れた顔で肩をすくめ、リオノーラが言葉を選んで諭しにかかる。

「しかし、姫様……その……勇者殿の意志は、もう変わらないかと……」

するとマリィは、一瞬、言葉に詰まったが、すぐにあの悪い笑みを浮かべて顔を上げた。

「ふっ……ふふ……なにも一緒に旅するとは言ってませんわ」

「え？」

「新しい目的を思いつきましたの……」

直樹とリオノーラは、同時に眉間にしわを寄せた。

嫌な予感しかしない。

「そう！　勇者様は引き続き魔王討伐の旅へ！　そして、わたくしたちは勇者様を見守る旅を続けますわ!!」

「はぁ!?」

「姫様!?」

「別行動なんだから、文句は言わせませんわよ!!」

詰め寄る直樹に向かって、いつもの屁理屈。

元気を取り戻したのはいいが、調子の良い言い分に、文句のひとつも言いたくなる。

「お前なぁ……この勝負はなんだったんだよ……」

「ごめんあそばせ♡　でも、わたくし決して邪魔はしませんから♡　もっとも、勇者様がどうしてもというなら……こちらはいつでもお相手しますわよ♡」

「うっ……」

マリィの名器、そして、この場に居並ぶ美人騎士たち……この淫行クルージングの間の熱烈なセックスを思い返し、直樹は言葉に詰まった。

今回みたいに毎日相手を強要されるのでないなら、それって一番オイシイのでは？

(好きなときに……ってことだよな？)

「ふふふ♡」

スケベ心を見透かしてマリィがほくそ笑み、リュゼが白い目を向ける。

「なーに、鼻の下伸ばしてんだか！」

「でも、これで一件落着ですね」

「果たして、そうなんでしょうか……」

楽観的なティアーネ、不安そうなミラ。想いはそれぞれのようだ。

そのとき、フィリアが水平線の彼方を指さした。

「あっ、みんな！　陸が見えてきたわよ！」

「長かった船旅も、ついに終わりか……」

直樹も船弦に寄って、はるか遠くの陸の影に目を凝らす。

「ここがフィリアさんの故郷……最も長い歴史を誇る地……」

ティアーネが少しうっとりした口調で言う。

すると、リオノーラと肩を並べるセリューが、懐かしむように目を細める。

「そう、大陸中の冒険者が集まる国……アルダム王国です」

女艦長の声は、どこか楽しげだった。

上陸まではまだ少し時間がかかるとのことだったが、船内はにわかに慌ただしくなった。

乗組員たちだけでなく、勇者一行もまた装備を整える準備に追われる。

というのも――

船倉を埋め尽くす、食料や旅の道具、武器・防具などの山、山、山……。

「いやぁ、助かるよ、こんなに物資を分けてもらえるなんて」

「本来は旅立つ前に渡すはずだったのだがな……」

直樹に礼を言われて、リオノーラが頭を掻く。

山ほどの量なのは、マリィが直樹と共に旅を続けるつもりだったせいもある。

結局、必要なものだけ選んで譲り受けることになり、リオノーラにも手伝ってもらって、あらかたを運び上げたところだった。

「さて、他になにか欲しいものはあるか？」

「うーん、そうだなぁ」

特には……と返事しようとして、船倉の片隅に置いてある剣に目がとまる。

「おっ、この剣いいな！」

「剣？」

「前から俺も武器が欲しいと思ってたんだよ！」

顔を輝かせる直樹だったが、リオノーラの反応はいまひとつだ。

「そういうのに憧れる気持ちはわかるが……素人の勇者殿が持っていても意味はないぞ」

「うっ、そんなハッキリと……!!」

リュゼにしろ、リオノーラにしろ、これだ。

直樹的には、ファンタジーRPGの勇者みたいな格好をするのは当たり前と思うのだが、どーも、そのロマンの正当性を認めてもらえない。この世界での装備は、あくまでも現実。素人が剣を持ってなんになるというのが常識なのだ。

(俺はこのままずっと、村人Aみたいな格好のままなのか……)

それどころか、下手すると魔王との決戦すらこの服装ということになりかねないわけで。

ちょっと、ここは頑張っておこうと食い下がる。

「でもほら、護身用としてあった方がいいだろ？　弱い敵なら俺でも倒せるかもだし」

すると、リオノーラがたちまち厳しい顔つきとなる。

「あまり、戦いを舐めない方がいい」

さすが、本職。命のやりとりの怖さを知っている。

ルイーゼロッテとの戦いを間近で見せられてしまっただけに、説得力倍増だ。

ピシャリと言われては反論の余地もない。

「そもそも、剣を振るうには勇者殿の身体は貧弱すぎる」

「なっ……⁉」

素直に聞き入れようとしたところに、そんなことを言われ、直樹はついムキになった。

「そんなこと言ってリオノーラだってベッドの上じゃいつも俺に負けてるじゃないか……

俺よりずっと体力あるくせによ！」

「はぁっ⁉」

今度はリオノーラが血相を変える。

「それとこれとは……‼　いや……そもそも、昨夜の私は負けてないだろう‼」

「おいおい、ありゃ明らかに俺が不利な状況だったろ。それじゃ正々堂々とは言えないぜ」

直樹も負けていない。そこからはもう、売り言葉に買い言葉だ。

「ほう、一対一なら勝てたと？　昨日も言ったが、私はこちらの特訓も積んできたんだ。初めてのときは、みんなの前で恥をかかされたからな……もう勇者殿の好きなようには、させないぞ！」

「じゃあ確かめてみるか？　今日はバッチリ回復してるし、昨日のお返しもしたいしな」

「面白い……私にだって騎士団長としての誇りがある……この勝負受けて立とう‼」

直樹を睨みつけ、リオノーラは不敵に微笑んでみせた。


「あああああっ♡　あぁっ♡　んはああっ♡　あっ♡　あああんっ♡　やぁ♡　んああっ♡　いっ、いくっ……駄目ぇいくぅっっ♡」

「おいおい、みんなに聞こえちゃうだろ」

リオノーラの船室で、直樹は全裸に剥いた彼女を、立ちバックで突きまくる。

「まっ、待て……‼　もう少しゆっくり……んあああっ♡」

「なに言ってんだ……これは勝負だろ？　騎士団長としての誇りはどうした？　これじゃ

初めてしたときと変わらないぞ。部屋に俺を連れ込んでセックスしたかっただけか？」

「くっ……」

いいように煽られて悔しそうな顔をするリオノーラだったが、元気を取り戻した直樹にフルパワーでピストンされては敵わない。

「ほら、何回イッたか数えとけよ」

「ああっ♡　あああああっ♡　ああんっ♡　いいっ……♡」

反論はあられもない悦嗚となって乱れに乱れてしまう。

「よぉし、脚上げてみろ……」

「あっ……♡」

されるがままに片足を高々と持ち上げられた破廉恥な大股開きに勇者のチンポが深々と突き刺さる。

ぱちゅっ、ぱちゅっ、ぱちゅっ、ぱちゅっ、ぐぷ、ぐぷ、ぱん、ぱぁんっ！

鳴り響くピストンクラップ。そして、肉棒が打ち込まれるほどに快楽は増していく。

「おぉ、よく締まる……鍛えてるだけあって身体は柔らかいな！」

「あ……ああんっ……♡　いくっ……いくぅっ……に、二回目ぇっ♡」

直樹とは何度かエッチをしたが、考えてみれば一対一というのは初めてだ。

他に誰もいないせいで集中して攻められる。ふたりきりでのセックスが、これほどとは思いもしなかった。

「甘く見てるのは、どっちだ？　お前こそセックスを舐めてるんじゃないのか？」

「ううっ……」

揚げ足を取るような辱めに、悔しさが込み上げる。

しかし、それだけではない。

どうしてかそんな言葉すら、胎《はら》を突く肉棒と共に受け入れたいという感覚もあるのだ。

(そうか……私の身体が……完全に勇者殿のモノにされてしまっているんだ……)

三回、四回、五回。その度に回数を口にさせられ――いや、もはや、自ら望んで敗北を数えながらアクメを重ねる。

「あー気持ちいい。リオノーラとは、次、いつやれるかわからないしな……沢山イカせてから、たっぷり中出ししてやるぞ……」

直樹はこの間、一度も射精していない。恐るべき耐久力だ。

体調が万全ならば、という言葉は嘘ではなかった。勇者の面目躍如だ。

(か、敵わない……今の私では。あの程度の修行では、ま、まだまだ……だったんだ)

だが――

「ふぅ……少し休むか」

勝ちを確信した直樹が、手を止める。

その瞬間、リオノーラに逆転への渇望が芽生えた。勝機だ！

開かされていた脚を直樹の首に引っ掛け、力ずくで押し倒して馬乗りとなる。

「えっ⁉　お、おいっ⁉」

「油断したな、勇者殿♡　どれだけ性器が逞しくても力は私の方が上……今度はこちらが攻める番だぞ」

正直、イカされまくって膣内が敏感になっている状態では、有利とまではいえない。

だが、ここを耐えて一矢だけでも報いたい。覚悟を決めて腰を沈める。

自分のペースで動けさえすれば、特訓の成果が活かせるはず……。

「んっ……♡」

「あ……あぁ……おっ……おぉ……‼」

直樹が漏らすのは昨夜のような情けない喘ぎ声。形勢逆転。ここで一気に畳みかける！

「ふふ……責めるのは得意でも……♡　自分が責められるのは弱いみたいだな♡」

しゃがみ込み、見下ろしながらの騎乗スタイル。昨夜のリュゼの使った姿勢。

「あ……あぁ……」

恍惚として虚《うつ》ろとなった勇者の目が、己の揺れる乳房に釘づけとなっているのを見ると、自尊心も甦る。なるほど、これは良いものだ。

ぐちゃぐちゃ、ぐっちゃ、ぐっちゃ、ずぷ、ずぷ、ずぷうっ！

「もっと……気持ちよくしてやるぞ……♡」

今度は、全身を密着して抱き着き、舌と指で直樹の乳首を攻めながらのグラインド。

これは昨夜のライラのプレイの応用だ。

腰を高々と持ち上げては突き降ろし、そうしながらも、舌先では直樹の乳首を転がして、ねっとりと舐め回す。

「ううっ……す、凄い……おっ、おおっ……そ、そこっ……」

(勇者殿が……私の身体で感じている……♡)

直樹の喘ぎ声は、リオノーラに不思議な充足感をもたらす。彼の悦びは自分の悦び……そして、彼女自身も限界だった。あとはどっちが先に果てるかの根競べ。

(私が……勝つ!)

「リオノーラ……本当に……上手くなったな……」

直樹は、見違えるほどになった彼女のテクニックに心の底からの賞賛を口にした。

初めてのときのことを思い出す。水玉のビキニを着せられて、セックスはただの任務とうそぶいていた堅物が、こうまでドスケベに変わるとは。でも、だからこそ――

「こっちも負けられないぞ! うおおおぉ……!!」

ガバッと跳ね起き、そのままの勢いでリオノーラを駅弁に持ち上げる。

「ひあっ!? ど、どこにこんな力が……!?」

「こいつはリュゼのお気に入りでな……何度もやってるから、鍛えられたのさ!」

コツは腕力よりも重心のバランスなのだ。

さすがにちょっと重いが、もうこれでフィニッシュだ。

ありったけの力で腰を突き出し、しがみつく女体を跳ねさせる。

「おぉっ♡　おっ♡　凄い……♡　勇者殿のオチンチンがコツコ当たるぅ……♡」

リオノーラのさっきまでの勢いは一瞬で吹き飛んだ。ずんずんと下腹に響く衝撃。ひと突きひと突きが甘い快楽をともなって、全身でパチパチと弾け、対抗などできそうもない。

（ああ……や、やっぱり駄目だ……私は勇者殿に……あ、ああっ……勇者殿に……）

敗北。だが、それもまた心地良い。この男なら……この男に負かされるのなら……ああ、きっと次の絶頂はもの凄く気持ち良いだろう。

内心から沸き起こる衝動に駆られるままに、リオノーラは直樹の唇に吸いついた。

「んうっ……ちゅ、んんっ……ふっ、ふうっ……ちゅっ♡　んちゅうっ♡♡♡」

夢中になって舌を吸う。このままイカせてほしい。勇者殿のモノにして欲しい。自分は、自分は、もうそれだけが望み。

もし……それ以上を望んでも良いというのなら……。

「ゆ……ゆうひゃろの……♡　お願いだ……このまま……♡」

法悦の涙を浮かべた目で訴える。そして、その意を汲み取れぬ直樹ではなかった。

「あぁ……一緒にイこうぜ……!!」

ずぷずぷずぷ！　ずちゅずちゅずちゅ！　ぱんぱん、ぱあんっ！

大きく大きく突き上げられ、膣内をチンポが踊り狂い、リオノーラの理性も踊り狂う。

「んあっ♡　ああぁっ♡　いくっ♡　いくぅ、いくいくいくっ……勇者殿と一緒にぃっ！　イケる……イカせてもらえるっ……ああっ♡　あああぁっ♡　いくううううぅぅぅ♡」

どぷっ……びゅるるるるるっ！　びぴゅるるっ！　ぶぽっ……ごぽごぽごぱぁっ！

子宮壁を一直線に直撃した熱濁にリオノーラは翔んだ。強く直樹を抱きしめ、全体重を預けての幸せアクメ。これまでで最高の女の悦び《オーガスムス》だった。

「結局……まだ、勇者殿には敵わないか……」

「いやいや、リオノーラもスゴかったぜ。気持ち良すぎて焦ったよ……」

ベッドに並んで火照った身体を冷ますふたり。

火照りのまだ冷めぬ乳房を直樹が甘弄りしてくれるのが嬉しい。

(悪くないものだな……こういうのも)

リオノーラは笑みを浮かべた。負けても満足だ。そんな気分になれたのは初めてだ。

「そういう勇者殿こそ……以前よりも逞しくなっているではないか……」

「ほ、本当か!?」

直樹が嬉しそうな顔をする。それを見るのも喜びだった。

「私を持ち上げるとは驚いたぞ」

「じゃあ、やっぱり剣を持ってもいいんだな!?」

それはどうだろう。

でも、こうなってしまうと、無碍《むげ》にはできなくなるのが女心だ。

「ううむ、本当はあまり戦ってほしくはないんだが。まぁ、やる気があるのは良いことだ。

機会があれば剣の手ほどきぐらいはしてやろう……」

「おぉ！」

「その代わり……」

直樹の目をじっと見つめてリオノーラは言う。

「その後は、こっちの特訓にも付き合ってもらうからな……♡　勇者殿……♡」

——と、そのとき……

がちゃり。

甘いムードは部屋の扉の開錠で中断された。

「おっ、いたいた、勇者殿！　探しましたよ……まさか、リオノーラの部屋にいるとはね」

合鍵を手に顔をのぞかせたのはセリューだった。

慌てて裸身をシーツに隠すリオノーラにはおかまいなしに、女艦長は上着を脱ぎ捨てる。

相変わらずの脱ぎっぷりの良さだ。

「な、な、なんすか⁉」

「もちろん、抱いてもらいに来たんだよ。あれで終わりじゃ、帰りの航路が寂しいからね」

「おおっ！　俺も、もう一回、セリューさんとヤリたかったんです！」

と、うっかり滑らせてしまった口を、直樹は慌てて手で塞いだが、もう遅い。

「もう一回……？　勇者殿、まさかセリューとも、もうすでに？」

「あ、い、いや……それは、その……」

「だから、あんなに疲労困憊して……」

リオノーラが真相に気づいて、やや呆れた顔をする。さっきまでの雰囲気が台無しだ。

だが、セリューはハハハと笑い飛ばして、乳房を直樹の顔に押しつけた。

「まぁまぁ、いいじゃないか！　それで、リオノーラ、君にも頼みがあるんだが」

「えっ、な……なんだ？」

「申し訳ないが勇者殿とするのに、この部屋を使わせて欲しいんだ。かまわないだろう？

それで、あのときの借りはチャラにしてくれないか♡」

「な……なんだ、そんなことぐらい。別に貸し借りの内に入れなくても……」

「おーい、みんな！　許可が下りたぞ！」

「えっ⁉」

セリューの声がするや否や、外で待機していたらしき乗組員の女たちが、一斉に部屋の中に雪崩れ込んで来る。

「うおおおおっ！　なんだ、なんだ⁉」

面食らう直樹の手を取って、自分の胸を揉ませながらセリューが説明する。

「リハネラで足止めしたときに、港の警備兵たちを使ったからね……連中だけイイ思いをしたとなると、部下たちに不満が残って良くないんだ♡　一応、君の責任だからな♡」

「だ、だからって一度に全員とぉ⁉」

ひい、ふぅ、みぃ……一体何人いるんだ？

「安心してくれ、ちゃんとローテーションは組んである」

「そっ、そういうことではなく……！」

すると、呆気にとられているばかりだったリオノーラもついに大笑いし始めた。

「まったく、セリュー、お前は昔から面倒見の良い奴だったな。勇者殿……こうなったら覚悟を決めて相手をするしかないぞ。もちろん、私も一緒に……」

「ええっ!? リオノーラまで、そんなこと言うのかよ！」

でも……超嬉しい！

「勇者様、是非とも私から♡」

「ああん、駄目よぉ！ ずっと我慢してたのに、私からだってばぁ……♡」

「勇者様、ずっと見てたんです、どうかアタシを先に……」

「ちょっとぉ！ 抜け駆けするんじゃないわよ！」

勇者争奪戦の第二回は、思っていたよりも早く開催される運びとなったようだ。

群がる裸の女たちに向かって直樹は豪快に言い放つ。

「はっはっは！ 大丈夫だ、チンポは逃げたりしないぞ！ まとめて来い！」

この旅では随分鍛えられた。レベルアップだ。あとはもう……

勢いのまま、上陸までヤリまくってやる！

エピローグ

「マリィ様は、お昼は要らないそうです」

御用伺いから戻って来たタチアナの報告に、リディが心配そうな顔をする。

「姫様、大丈夫かなぁ……」

「勇者様にフラれちゃったんだから、そりゃあ落ち込むわよねー」

と、トゥーラが言えば、タチアナも同情の意を示す。

「私だったら部屋に引きこもるぐらいじゃ済まないです……」

「あっ、そうだ！　私たちで慰めてあげたら……」

「やめときなさい。そっとしておいてあげるのが一番よ」

トゥーラの提案を即座に蹴ったのはテレーズだった。

王女の寝室の隣にある警備用の詰め所。アニーとエリザは、勇者一行の装備品の整理を手伝わせに行かせている。ここにいるのはこの四人の他に――

「ああ、マリィ。どうして私を傍に置いておかないの？　私だったら勇者のことなんて、忘れさせてあげられるのに……」

ルイーゼロッテだ。マリィは塞ぎ込んで部屋にひとりきり。だからといって、吸血鬼を自由にさせておくわけにもいかないので、ついでに彼女たちで監視しているのだ。

「でも、本当に姫様ひとりにしておいていいの？」

トゥーラが再び問題提起すると、タチアナもうんうんと同意する。

だが、テレーズにはわかっていた。ふたりはマリィと恋話がしたいだけなのだ。

「トゥーラ、あなたはマリィ様と歳も近いんだし、気持ちはわかるでしょ。傷心っていうのはね、時間が癒してくれるしかないものなのよ」

「わっ……なんか大人な発言……ねぇねぇ、それって、テレーズもそういう体験したことあるってことぉ？」

トゥーラが身を乗り出す。上手く食いついてきた。

これでしばらくは、気を引いておけるだろう。

彼女たちには、しばらくここで大人しくしておいて欲しい。何故なら――

先ほど、タチアナをマリィの部屋に行かせた際、通路の逆側にリオノーラがコソコソと直樹の手を引いて自室に入っていくのを目撃してしまったのだ。

（うーん……あのリオノーラがねぇ）

彼女とは長いつき合いになるが、男を部屋に連れ込むなど初めてのことだ。

かつて、冒険者ギルドに出向いたときも、浮いた話ひとつなく帰ってきたほどなのだ。

実を言えば、リオノーラを武者修行に出すようソフィーに進言したのはテレーズだった。

王女親衛隊を作るにあたって隊長となるリオノーラを人間的に成長させるため――

というのは体《てい》の良い口実で、本心では冒険者の中にはイイ男もいるだろうから、重責に就く前に羽を伸ばさせてやりたかっただけなのだが。

（まあ、聖女様に相談の上で決めるっておっしゃってたし、ソフィー様にはソフィー様のお考えがあったんだろうけど）

そんな計らいも虚しく、馬鹿正直に任務として取り組んで帰ったきたリオノーラには、お手上げだと匙を投げたものだったが。いやはや。トゥーラに言ったセリフではないが、こういうことは気を回さずとも時間が解決してくれるものなのだとつくづく思う。

本当に、あの子がねぇ。

（……って、やあね、すっかりお母さん目線だわ、勇者様にあんなことされたからかしら）

お風呂で注がれた子種の熱さを思い出し、そっとお腹をさする。

もしかしたら……本当に授かっちゃっているのかも？


「勇者様……どうして、わたくしの想いに応えて下さらないんですの……」

マリィは自室のベッドに身を投げ出し、胸の痛みを堪えていた。涙があとからあとから瞳を曇らせる。それは今朝、直樹の前で見せたウソ泣きなどではない。

「昨夜はこのベッドの上で、あんなに激しく愛を確かめ合いましたのに」

幼い頃から、叶わなかった願いなどなかった。

お母様が、婆やが、守り役のリオノーラとテレーズが、乳姉妹のシディカとムーナが、誰もがマリィのことを一番に考え、世話を焼いてくれた。

彼女にとって望みとは、口にするだけで実現するものだったのに。それなのに、人生で最大の望みだけはどうして逃げてゆくのか。想いが届かないとは、これほどに辛く切ないものだと初めて知った。

泣くだけ泣いて、気が落ち着くと、マリィは身を起こした。王都を出る前、母に告げた言葉を改めて口にしてみる。

「今日からわたくしは冒険者マリィ……」

あのときは深く考えもしなかった。勢いに任せて旅に出るための、どちらかといえば、ただの方便。しかし、今はその言葉が別の意味を持つように感じる。

「そうですわ……冒険者なら、欲しいものは自分の手で掴み取るもの……」

口から出まかせだった言葉は、思いもよらず、自分を励ます力を秘めていた。

それに気づくと、彼女は微笑んだ。

「今日からわたくしは……本当の冒険者マリィ」

もう一度、言葉をつけ足して口にする。良い感じだ。勇気が出る。

「ですから、きっと……」

必ず手に入れる。愛する勇者《ひと》を。

化粧台に向かい、ボサボサになっていた髪を丁寧に梳かし始める。

鏡に映る少女の顔は、少しだけ大人になっていた。

黒名ユウ執筆 おすすめ作品

二次元ドリーム文庫 第399弾

VTuberを始めた学級委員長（清楚）がエロすぎて困る

VTuberに詳しい侑紀は、憧れの学級委員長である羽詩館まどかに自分を人気Vtuberにするよう迫られる。まどかの愚の骨頂を止めるべく、冗談半分でHな事を求めてみたら一理あると受け入れられてしまい…？　今日も清楚（？）な委員長はクラスメートのマイクを握って、淫らな生配信を開始する！

小説●黒名ユウ　挿絵●しりー

黒名ユウ執筆 おすすめ作品

二次元ドリーム文庫 第416弾

異世界ハーレム物語2 ～王宮美女たちと豪華4P!8P!12P!～

レスデア王国を訪れた直樹たち一行を待っていたのは、女王のソフィーと王女のマリィからの手厚い歓迎だった。さらに美女騎士団や教会のエロシスターも加わり、直樹の性の饗宴は肉悦を極めていく。その裏でとある計画が進行していることも知らずに……。

小説●黒名ユウ　原作・挿絵●立花オミナ（サークル しまぱん）

黒名ユウ執筆 おすすめ作品

二次元ドリーム文庫 第424弾

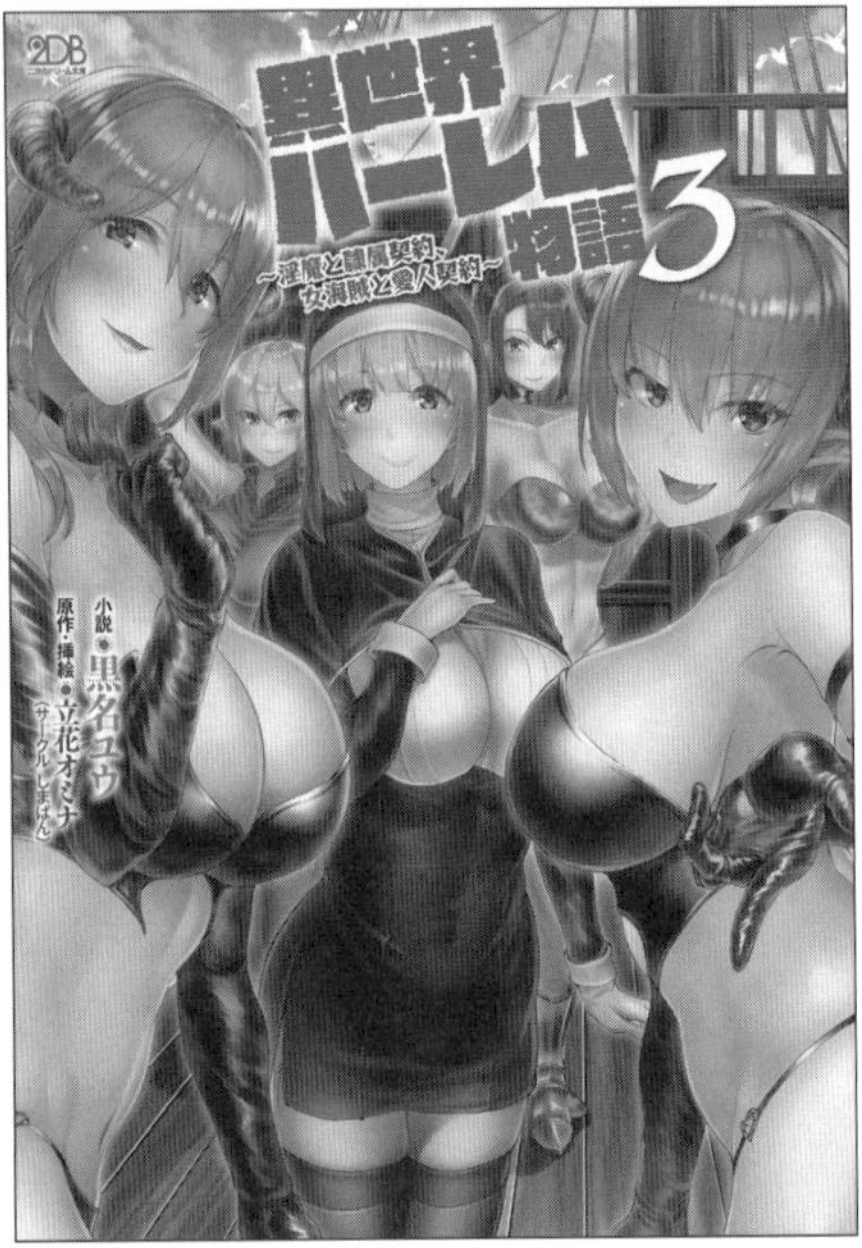

異世界ハーレム物語3 ～淫魔と隷属契約、女海賊と愛人契約～

レスデア王国を脱出した直樹たち一行は、ナタリヤのいるフスの村に身を潜める。女将エルフとのハーレムプレイも楽しんだのち、商人の町リハネラを目指す五人。姉妹淫魔によるエッチな妨害や女海賊とその奴隷をめぐるいざこざに巻き込まれる直樹たちだが、その全てがハーレムHへと繋がってゆく！

小説●黒名ユウ　原作・挿絵●立花オミナ（サークル しまぱん）

作家＆イラストレーター募集！

編集部では作家、イラストレーターを募集しております

プロ・アマ問いません。原稿は郵送、もしくはメールにてお送りください。作品の返却はいたしませんのでご注意ください。なお、採用時にはこちらからご連絡差し上げますので、電話でのお問い合わせはご遠慮ください。

■小説の注意点

①簡単なあらすじも同封して下さい。

②分量は 40000 字以上を目安にお願いします。

■イラストの注意点

①郵送の場合、コピー原稿でも構いません。

②メールで送る場合、データサイズは 5MB 以内にしてください。

E-mail：2d@microgroup.co.jp

〒104-0041 東京都中央区新富1-3-7ヨドコウビル

㈱キルタイムコミュニケーション

二次元ドリーム小説、イラスト投稿係

異世界ハーレム物語 4
～勇者争奪！淫行クルージング　絶潮！処女吸血姫～

2022 年 10 月 16 日　初版発行

【著者】
黒名ユウ

【原作】
立花オミナ
（サークル しまぱん）

【発行人】
岡田英健

【編集】
餘吾築

【装丁】
マイクロハウス

【印刷所】
株式会社広済堂ネクスト

【発行】
株式会社キルタイムコミュニケーション
〒104-0041　東京都中央区新富1-3-7ヨドコウビル
編集部　TEL03-3551-6147 ／ FAX03-3551-6146
販売部　TEL03-3555-3431 ／ FAX03-3551-1208

禁無断転載 ISBN978-4-7992-1693-4　C0193